U0061471

語文常談

呂叔湘

責任編輯　　張艷玲

書籍設計　　陳婥君

書　　名　　**語文常談**

著　　者　　呂叔湘

出　　版　　三聯書店（香港）有限公司

　　　　　　香港北角英皇道 499 號北角工業大廈 20 樓

　　　　　　Joint Publishing (H.K.) Co., Ltd.

　　　　　　20/F., North Point Industrial Building,

　　　　　　499 King's Road, North Point, Hong Kong

香港發行　　香港聯合書刊物流有限公司

　　　　　　香港新界大埔汀麗路 36 號 3 字樓

版　　次　　2016 年 7 月香港第一版第一次印刷

規　　格　　32 開（130 mm × 180 mm）132 面

國際書號　　ISBN 978-962-04-3837-0

更多好書請瀏覽三聯網頁：
http://www.jointpublishing.com

目錄

序

1964 年春天，有一天《文字改革》月刊的編者來看我，問能不能給那個刊物寫點有關語言文字的普及性文章。結果就是後來在《文字改革》月刊上分期發表的《語文常談》。原來計劃寫八篇，可是刊出七篇之後，「文化大革命」來了，雜誌停刊，第八篇也流產了。後來也曾經想把舊稿整理印成一本小書，可是那幾年的風氣是以不讀書為貴，也就遲遲沒有着手。最近受到一些相識和不相識的朋友們的督促，才又鼓起勁來修修補補送給出版社，離開最初發表已經十六個年頭過去了。

給這些文章取這麼個名字，無非是説，這些文章內容既平淡無奇，行文也沒有引經據典，當不起「概論」、「基礎」之類的美名，叫做「常談」比較恰當。希望有些讀者在看小説看電視看得膩味的時候，拿來換換口味，而不至於毫無所得就是了。

說起來也奇怪，越是人人熟悉的事情，越是容易認識不清，吃飯睡覺是這樣，語言文字也是這樣。比如有人說，文字和語言是平行的，誰也不倚賴誰的兩種表達意義的系統；你要是拿拼音文字來做反證，他就說「此漢字之所以可貴也」，他沒有想過如果漢字都沒有讀音，是否還能夠表達意義。又有人說，漢字最美，「玫瑰」二字能讓你立刻看見那嬌嫩的顏色，聞到那芬芳的香味，一寫成 méigui ㄇㄟˊ·ㄍㄨㄟ 就啥也沒了；他大概認為英國人、美國人、法國人的 rose，德國人的 Rose，西班牙人、意大利人的 rosa 全都是無色無臭的標本。還有人說，「中國話」就是沒有「文法」，歷代文學家都不知道甚麼叫「文法」卻寫出好文章；可是他回答不上來為甚麼有的話公認為「通」，有的話公認為「不通」，後者至少有一部分是由於不合「文法」。不幸的是，諸如此類的意見不是來自工農大眾，而是來自一部分知識分子。這說明關於語言文字的知識確實還有待於普及。這本小書就算是這方面的一個小小嘗試吧。

呂叔湘

1980. 4. 4

1 語言和文字

只有人類有真正的語言

語言，也就是説話，好像是極其稀鬆平常的事兒。可是仔細想想，實在是一件了不起的大事。正是因為説話跟吃飯、走路一樣的平常，人們才不去想它究竟是怎麼回事兒。其實這三件事兒都是極不平常的，都是使人類不同於別的高等動物的特徵。別的動物都吃生的，只有人類會燒熟了吃。別的動物，除了天上飛的和水裏游的，走路都是讓身體跟地面平行，有幾條腿使幾條腿，只有人類直起身子來用兩條腿走路，把另外兩條腿解放出來幹別的、更重要的活兒。同樣，別的動物的嘴只會吃東西，人類的嘴除了吃東西還會説話。

記得在小學裏讀書的時候，班上有一位「能文」的大師兄，在一篇作文的開頭寫下這麼兩句：「鸚鵡能言，不離於

禽；猩猩能言，不離於獸。」我們看了都非常佩服。後來知道這兩句是有來歷的，只是字句有些出入。❶又過了若干年，才知道這兩句話都有問題。鸚鵡能學人說話，可只是作為現成的公式來說，不會加以變化（所以我們管人云亦云的說話叫「鸚鵡學舌」）。只有人們的說話是從具體情況（包括外界情況和本人意圖）出發，情況一變，話也跟着一變。至於猩猩，根據西方學者拿黑猩猩做試驗的結果，牠們能學會極其有限的一點符號語言，可是學不會把它變成有聲語言。人類語言之所以能夠「隨機應變」，在於一方面能夠把語音分析成若干音素（當然是不自覺地），又把這些音素組合成音節，再把音節連綴起來，——音素數目有限，各種語言一般都只有幾十個音素，可是組成音節就可以成百上千，再組成雙音節、三音節，就能有幾十萬、幾百萬。另一方面，人們又能分析外界事物及其變化，形成無數的「意念」，一一配以語音，然後綜合運用，表達各種複雜的意思。一句話，人類語言的特點就在於能用變化無窮的語音，表達變化無窮的意義。這是任何其他動物辦不到的。

人類語言採用聲音作為手段，而不採用手勢或圖畫，也

---

❶ 《禮記・曲禮》：鸚鵡能言，不離飛鳥；猩猩能言，不離禽獸。

不是偶然。人類的視覺最發達，可是語言訴之於聽覺。這是因為一切倚賴視覺的手段，要發揮作用，離不開光線，夜裏不成，黑暗的地方或者有障礙物的地方也不成，聲音則白天黑夜都可以發揮作用，也不容易受阻礙。手勢之類，距離大了看不清，聲音的有效距離大得多。打手勢或者畫畫兒要用手，手就不能同時做別的事，說話用嘴，可以一邊兒說話，一邊兒勞動。論快慢，打手勢趕不上說話，畫畫兒更不用說。聲音唯一不如形象的地方在於缺乏穩定性和持久性，但在原始社會的交際情況下，這方面的要求是次要的，是可以用圖形來補充的。總之，正是由於採用了嘴裏的聲音作為手段，人類語言才得到前程萬里的發展。

文字不能超脫語言

自從有了人類，就有了語言。世界上還沒有發現過任何一個民族或者部落是沒有語言的。至於文字，那就不同了。文字是在人類的文化發展到一定階段的時候才出現的，一般是在具有國家的雛形的時候。直到現在，世界上還有很多語言是沒有文字的，也可以說，沒有文字的語言比有文字的語言還要多些。最早的文字也只有幾千年的歷史，而且就是在有文字的地方，直到不久以前，使用文字的也還是限於少

數人。

　　文字起源於圖畫。最初是整幅的畫，這種畫雖然可以有表意的作用，可是往往意思含糊不清，應該怎麼理解取決於具體環境，例如畫在甚麼地方，是誰畫的，畫給誰看的，等等。這種圖畫一般都比較複雜，這裏設想一個簡單的例子來說明。比如畫一個井，裏邊畫三隻兔子。如果是一個獵人畫在一棵樹上的，就可能是表示附近的陷阱裏有三隻兔子，要後邊來的伙伴處理。如果是畫在居住的洞壁上的，就可能表示獵人們的願望，這種畫有法術的作用，那裏邊的三隻兔子就不是確實數目而只是許多兔子的意思。

　　圖畫發展成為文字，就必須具備這樣一些特點：(1) 把整幅的畫拆散成個別的圖形，一個圖形跟語言裏的一個詞相當。(2) 這些圖形必得作線性排列，按照語言裏的詞序。比如先畫一個井，再畫三個直道兒或橫道兒，再畫一個兔子，代表「阱三兔」這樣一句話。如果把三個道兒畫在井的前邊，就變成三個陷阱裏都有兔子的意思了。(3) 有些抽象的意思，語言裏有字眼、不能直接畫出來，得用轉彎抹角的辦法來表示。比如畫一隻右手代表「有」，把它畫在井的後邊，就成為「阱有三兔」。這種文字是基本上象形的文字，但是可以唸，也就是說，已經跟語言掛上鈎，成為語言的視覺形式了。

到了這個階段以後，為了便於書寫，圖形可以大大簡化（圖案化，線條化，筆劃化），絲毫不損害原來的意思。從漢字形體變化的歷史來看，甲骨文最富於象形的味道，小篆已經不太像，隸書、楷書就更不用說了。從形狀上看，第二階段的零碎圖形和第一階段的整幅畫很相似，第三階段的筆劃化圖形和第二階段的象形圖形可以差別很大。但是從本質上看，象形文字和表意畫有原則上的區別，而象形文字和後來的筆劃化的文字則純粹是字形上的變化，實質完全相等。

　　圖畫一旦變成文字，就和語言結上不解之緣。一個字，甚至是最象形的字，也必然要跟一定的字音相聯繫；表示抽象意思的字，筆劃化了的字，就更加離不開字音了。這樣，語言不同的人看不懂彼此的文字，哪怕是象形成分最多的文字。假如一個人的語言裏「有」和「右」不同音，他就不懂一隻手夾在一個井和三隻兔子中間是甚麼意思。

　　文字發展到了這種「詞的文字」之後，仍然有可能進一步發展成純粹表音的文字，這將來再談。這裏所要強調的是：儘管文字起源於圖畫，圖畫是與語言不相干的獨立的表意系統，只有在圖畫向語言靠攏，被語言吸收，成為語言的一種形式（用圖形或筆劃代替聲音）之後，才成為真正的文字。

　　對於文字和語言的關係沒有好好思考過的人，很容易產

生一些不正確的理解。很常見的是把文字和語言割裂開來，認為文字和語言是並行的兩種表達意思的工具。這種意見在我國知識分子中間相當普通，因為我們用的是漢字，不是拼音字。有人說，文字用它自己的形體來表達人的思維活動、認識活動。當人們寫文字的時候，目的在寫它的思想而不僅為的是寫語言；當人們看文字的時候，也只是看它所包含的內容，不一定把它當作語言；只有把它讀出來的時候，才由文字轉化為語言。這個話顯然是不對的。文字必須通過語言才能表達意義；一個形體必須同一定的語音有聯繫，能讀出來，才成為文字。如果一個形體能夠不通過語音的聯繫，直接表達意義，那就還是圖畫，不是文字。代表語言，也就是能讀出來，這是文字的本質，至於寫的時候和看的時候讀出或者不讀出聲音來，那是不關乎文字的本質的。事實上，教兒童認字總是要首先教給他讀音；不通過語言而能夠學會文字的方法是沒有的。粗通文字的人看書的時候總是要「唸唸有詞」，哪怕聲音很小，小到你聽不見，你仍然可以看見他的嘴唇在那兒一動一動。完全不唸，只用眼睛看（所謂「默讀」），是要受過相當訓練才能做到的。

有人拿阿拉伯數字和科學上各種符號作為文字可以超脫語言的例子。這也是只看見表面現象，沒有進一步觀察。

數字和符號也都是通過語言起作用的，不過這些符號是各種語言裏通用，因此各人可以按照各自的語言去讀罷了。例如「1，2，3」可以讀成「一，二，三」，可以讀成「one，two，three」，可以讀成「один，два，три」，等等，但是不把它讀成任何語言的字音是不可能的。而況在任何語言的語彙裏這種符號都只是極少數呢？

語言和文字也不完全一致

文字（書寫符號）和字音不可分割，因而文字（書面語）和語言（口語）也就不可能不相符合。但是事實上文字和語言只是基本一致，不是完全一致。這是因為文字和語言的使用情況不同。說話是隨想隨說，甚至是不假思索，脫口而出；寫東西的時候可以從容點兒，琢磨琢磨。說話的時候，除了一個一個字音之外，還有整句話的高低快慢的變化，各種特殊語調，以及臉上的表情，甚至渾身的姿態，用來表示是肯定還是疑問，是勸告還是命令，是心平氣和還是憤憤不平，是興高采烈還是悲傷抑鬱，是衷心讚許還是嘲諷譏刺，等等不一；寫東西的時候沒有這一切便利，標點符號的幫助也極其有限。因此，說話總是詞彙不大，句子比較短，結構比較簡單甚至不完整，有重複，有脫節，有補充，有插說，有填

空的「呃、呃」，「這個、這個」；而寫文章就不然，語彙常常廣泛得多，句子常常比較複雜，前後比較連貫，層次比較清楚，廢話比較少。這都是由不同的使用條件決定的。另一方面，語言和文字又互相作用，互相接近。語言裏出現一個新字眼或者新說法，慢慢地會見於文字，例如「棒」、「搞」、「注點兒意」；文字裏出現一個新字眼或者新說法，慢慢地也會見於語言，例如「問題」、「精簡」、「特別是」、「在甚麼甚麼情況下」。劇作家和小說作者得盡可能把人物對話寫得流利自然，生動活潑，雖然不能完全像實際說話。而一個講故事或者作報告的人，卻又絕不能像日常說話那樣支離破碎，即使不寫稿子，也會更像一篇文章。所以一個受過文字訓練的人，說起話來應該能夠更細緻，更有條理，如果有這種需要。一個原來善於說話也就是有「口才」的人，也應該更容易學會寫文章。

一般來說，文字比語言更加保守。這是因為人們只聽到同時代的人說話，聽不到早一時期的人說話，可是不僅能看到同時代的文字，也能看到早一時期的文字，能模仿早一時期的文字，因而已經從口語裏消失了的詞語和句法卻往往留存在書面語裏。再還有一些特殊的著作，例如宗教經典、法律條文，它們的權威性叫人們輕易不敢改動其中的古老的

字句；優秀的文學作品也起着類似的作用。在文字的保守力量特別強烈的場合，往往會形成文字和語言脫節的現象。中國，印度，阿拉伯國家，古代羅馬，都曾經出現過這種情況。這時候，書面語和口語的差別就不僅是風格或者文體的差別，而是語言的差別了。但是只有在文字的使用限於少數人，也就是多數人是文盲的條件下，這種情況才能維持。一旦要普及文化，這種情況就必定要被打破，與口語相適應的新書面語就必定要取古老的書面語而代之。

語言文字要兩條腿走路

在人們的生活中，語言和文字都有很大的用處，也各有使用的範圍。面對面的時候，當然說話最方便；除非方言不通，才不得不「筆談」。如果對方不在面前，就非寫信不可；如果要把話說給廣大地區的人聽，甚至說給未來的人聽，更非寫成文章不可（有了錄音技術之後，情況稍有不同，也還沒有根本改變）。人們既不得不學會說話，也不得不學會寫文章，也就是說，在語言文字問題上，不得不用兩條腿走路。可是自從有了文字，一直就有重文輕語的傾向。為了學習寫文章，人們不吝惜十年窗下的工夫，而說話則除了小時候自然學會的以外，就很少人再有意去講究。這也難怪，在

古時候，語言只用來料理衣、食、住、行，也就是只派低級用場；一切高級任務都得讓文字來擔任。可是時代變了。三天兩天要開會，開會就得發言。工業農業的生產技術以及其他行業的業務活動都越來越複雜，交流經驗、互相聯繫的範圍越來越大，以前三言兩語可了的事情，現在非長篇大論不成。語言不提高行嗎？再還有傳播語言的新技術。有了擴音器，一個人說話能讓幾千人聽見；有了無線電廣播，一個人說話能讓幾千里外面的人聽見。很多從前非用文字不可的場合，現在都能用語言來代替，省錢，省事，更重要的是快，比文字不知快多少倍。語言文字兩條腿走路的道理應該更受到重視了。可是人們的認識常常落後於客觀形勢。學校的「語文」課實際上仍然是只教「文」，不教「語」。是應該有所改變的時候了，不是嗎？

2 聲、韻、調

從繞口令說起

有一種民間文藝形式叫繞口令，又叫急口令，古時候叫急說酒令。例如，(1)「吃葡萄不吐葡萄皮兒，不吃葡萄倒吐葡萄皮兒」；(2)「板凳不讓扁擔綁在板凳上，扁擔偏要板凳讓扁擔綁在板凳上」。這種話說快了準會說錯字兒，比如把「葡萄皮兒」說成「皮條蒲兒」，把「扁擔」說成「板擔」，把「板凳」說成「扁凳」。這就叫繞口。繞口令為甚麼會繞口呢？因為這裏頭有雙聲、疊韻的字。

甚麼叫做雙聲、疊韻？用現在的名詞來解釋，雙聲就是兩個字的聲母相同，疊韻就是兩個字的韻母和聲調都相同（如果不是完全相同，而只是相近，就只能叫做準雙聲、準疊韻。也有人不加分別）。剛才那兩個繞口令裏的雙聲、疊韻關係，可以這樣來表示：

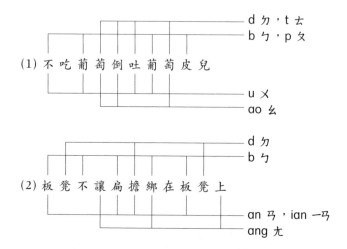

(1) 不 吃 葡 萄 倒 吐 葡 萄 皮 兒　　d ㄉ，t ㄊ
　　　　　　　　　　　　　　　　　　b ㄅ，p ㄆ
　　　　　　　　　　　　　　　　　　u ㄨ
　　　　　　　　　　　　　　　　　　ao ㄠ

(2) 板 凳 不 讓 扁 擔 綁 在 板 凳 上　　d ㄉ
　　　　　　　　　　　　　　　　　　b ㄅ
　　　　　　　　　　　　　　　　　　an ㄢ，ian ㄧㄢ
　　　　　　　　　　　　　　　　　　ang ㄤ

上面用橫線連接的字是雙聲，底下用橫線連接的字是疊韻。雙聲和疊韻的字都是字音一部分相同，一部分不同。把許多這樣的字安插在一句話裏頭，說快了就容易「串」。

　　古人很早就發現漢語字音極容易發生雙聲、疊韻的關係，因而在語言中加以利用。例如古代有大量的「聯綿字」，或者是雙聲，或者是疊韻。雙聲的像「留連、流離、輾轉、顛倒、躊躇、踟躕、躑躅、囁嚅、鴛鴦、蟋蟀」。疊韻的像「逍遙、猖狂、綢繆、優遊、蹉跎、逡 [qūn ㄑㄩㄣ] 巡、彷徨、徘徊」。現代的象聲詞也大都利用雙聲、疊韻關係，例如「叮噹」是雙聲，「噹啷」是疊韻，「叮呤噹啷」是又有雙聲又有疊韻。雙聲、疊韻的最廣泛的用處是在詩歌方面，一會兒再

談。現在且說雙聲、疊韻在漢字注音方面的利用。

怎樣給漢字注音

漢字不是表音的文字，不能看見字形就讀出字音來，因此有注音的需要。最古的注音辦法是「讀如、讀若」，用乙字比況甲字的音，就是現在所說直音法。直音法的缺點是很明顯的：如果不認得乙字，也就讀不出甲字；要是一個字沒有同音字，那就根本無法注音。大約在魏晉時代，也就是一千七百年以前，產生了反切法。反切法用兩個字切一個字，例如「光，姑汪切」。「姑」和「光」雙聲，「汪」和「光」疊韻，這就是所謂上字取其聲，下字取其韻。反切法比直音法進步，所以一直應用了一千幾百年。但是反切法還是有很大的缺點，主要是用來做反切上下字的總字數還是太多，一般字書裏都在一千以上。也就是說，一個人必得先會讀一千多字，才能利用它們來讀其餘的字。為甚麼要用到這麼多字？這得先把漢語的字音解剖一番。

漢語裏每個字的音，按傳統的說法是由「聲」和「韻」這兩部分構成的。事實上，只有「聲」是比較單純，可以不再分析；「韻」卻相當複雜，還可以進一步分析。首先應該提出來的是「聲調」，就是字音的高低升降，古時候的「平、上、去、

入」，現在普通話的「陰平（第一聲）、陽平（第二聲）、上聲（第三聲）、去聲（第四聲）」。把聲調除開之後，「韻」還可以分成「韻頭、韻腹、韻尾」三部分。換個說法，漢語裏一個字是一個音節（只有極少數例外，如「瓩」唸「千瓦」，「浬」唸「海里」），一個音節包含聲調、聲母、韻頭、韻腹、韻尾五個成分。這裏面只有聲調和韻腹是必不可少的，聲母、韻頭、韻尾不是必要的，有些音節裏缺少這個，有些音節裏缺少那個，有些音節裏全都沒有。用1，2，3，4代表聲母、韻頭、韻腹、韻尾，我們可以用下面這些字作各種音節結構的例子：

(1234)	敲 qiāo ㄑㄧㄠ	(234)	腰 iāo ㄧㄠ
	黃 huáng ㄏㄨㄤˊ		王 uáng ㄨㄤˊ
(134)	報 bào ㄅㄠˋ	(34)	傲 ào ㄠˋ
	潘 pān ㄆㄢ		安 ān ㄢ
(123)	家 jiā ㄐㄧㄚ	(23)	鴉 iā ㄧㄚ
	瓜 guā ㄍㄨㄚ		蛙 uā ㄨㄚ
(13)	苦 kǔ ㄎㄨˇ	(3)	五 ǔ ㄨˇ
	河 hé ㄏㄜˊ		鵝 é ㄜˊ

每個音節都可以有聲調變化，例如「敲 qiāo ㄑㄧㄠ，瞧 qiáo ㄑㄧㄠˊ，巧 qiǎo ㄑㄧㄠˇ，竅 qiào ㄑㄧㄠˋ」。有些音節四聲不全，某一聲有音無字，例如「光 guāng ㄍㄨㄤ，〇 guáng ㄍㄨㄤˊ，廣 guǎng ㄍㄨㄤˇ，逛 guàng ㄍㄨㄤˋ」。這就是漢語

字音結構的基本情況。

　　反切法為甚麼要用那麼多不同的上下字呢？首先是因為反切下字要管韻頭、韻腹、韻尾、聲調四個成分，只要有一個成分跟被切字不同，就不適用，因此字數就不可能太少。還有一個原因是歷代編纂的各種字書的反切用字，有因襲也有創新，很不一致。例如「東」字，《康熙字典》引《廣韻》德紅切，又引《集韻》都籠切；舊《辭海》又作都翁切。

　　我們現在用漢語拼音字母來注音，比反切法進步多了。聲母、韻頭、韻腹、韻尾、聲調，都只要用少數符號來表示：

> 聲母：b ㄅ，p ㄆ，m ㄇ，f ㄈ，d ㄉ，t ㄊ，
> 　　　n ㄋ，l ㄌ，g ㄍ，k ㄎ，h ㄏ，j ㄐ，
> 　　　q ㄑ，x ㄒ，zh ㄓ，ch ㄔ，sh ㄕ，
> 　　　r ㄖ，z ㄗ，c ㄘ，s ㄙ。
> 韻頭：i (y) ㄧ，u (w) ㄨ，ü (y) ㄩ。
> 韻腹：a ㄚ，e ㄜ，i ㄧ，u ㄨ，ü ㄩ。
> 韻尾：i ㄧ，o ㄛ，u ㄨ，n ㄋ，ng ㄥ。
> 聲調：ˉ，ˊ，ˋ。

這樣，25 個字母加 4 個調號，就把注音問題全部解決了。

　　讀者看到這裏，大概會產生一些疑問：為甚麼有些韻頭和韻腹，甚至韻尾，用相同的字母來表示（i ㄧ，o ㄛ，u ㄨ，ü ㄩ），為甚麼不用不同的字母來表示？還有 n ㄋ 這個字母為

甚麼又作聲母，又作韻尾？還有 r ㄖ，只列在聲母，不列在韻尾，那個代表「兒化」的 r ㄖ 又算甚麼？要知道這是因為漢語拼音字母不是按聲母、韻母來設計，而是按元音、輔音的分別來制訂的。聲母、韻母是音韻學的概念，元音、輔音是語音學的概念。元音、輔音都是音素，就是語音的最小單位，每一個這樣的單位，不管它出現在字音的哪一部分，總是用一個符號來表示，這是最經濟的辦法。a ㄚ，e ㄜ，o ㄛ，i ㄧ，u ㄨ，ü ㄩ 都是元音，元音主要用做韻腹，但是有的也可以出現在韻頭、韻尾；n ㄋ 是輔音，普通話的輔音都只做聲母，只有 n ㄋ 也做韻尾，另外有一個輔音 ng ㄤ 只做韻尾，不做聲母。至於末了的 r ㄖ，那不是韻尾，只表示發元音時舌頭要有點兒捲起來（zh ㄓ，ch ㄔ，sh ㄕ，ng ㄤ 用雙字母表示一個音素，e ㄜ 有 e ㄜ 和 ê ㄝ 兩個音，u ㄨ 有 u ㄨ 和 ü ㄩ 兩個音，i ㄧ 既用來表示「低、基」等字裏的元音，又用來表示「知、痴」等字裏的元音，這都是受拉丁字母的限制，不過它們的發音都有規定，拼讀的時候並無疑難）。

字音的三要素：聲、韻、調

「聲、韻、調」是了解漢語字音的基本概念，必須弄清楚。尤其是因為「聲」和「韻」都有不止一種意義。拼音方案

裏聲母的「聲」是一種意義，聲調的「聲」，平聲、上聲、去聲、入聲的「聲」又是一種意義。古時候只説「四聲」，現在為了跟聲母區別，才説「聲調」。

「韻」也有兩種意義。拼音方案裏韻母的「韻」包括韻頭、韻腹、韻尾，可是不包括聲調。詩韻的「韻」就加上聲調的因素，「東」和「董」韻母相同，但不是一個韻；可是不計較韻頭，例如「麻、霞、華」是一個韻。疊韻的「韻」一般也不計較韻頭。

關於聲調，常説「四聲」，得區別古音的四聲和現代普通話的四聲。古音的四聲是平、上、去、入，普通話的四聲是陰平、陽平、上聲、去聲。古音的平聲在普通話裏分化成陰平和陽平，古音的入聲在普通話裏分別變成陰平、陽平、上聲或去聲。有的方言裏，上聲、去聲、入聲也有分陰陽的，因此能有八個聲調，也有只有五個、六個、七個的。

聲調是漢語字音的不可缺少的部分，它的重要絕不在聲母、韻母之下。有人以為聲調好像是外加的，是可以拿掉的，這是一種誤解。光寫一個 ma‧ㄇㄚ，不標聲調，你不知道是「媽」，是「麻」，是「馬」，還是「罵」，乾脆就是讀不出來。有了上下文當然可以解決，可要是有上下文，去掉個把聲母也不礙事，比如看見「qí shangle tāde zǎohǒng … ǎ

ㄑㄧˊ ‧ㄕㄤ ‧ㄌㄜ ㄊㄚ ‧ㄉㄜ ㄗㄠˇ ㄏㄨㄥˊ … ㄚˇ」,準知道是「騎上了他的棗紅馬」。説實在的,從遠處聽人説話,首先分辨不清的是聲母,其次是韻母,最後只剩下聲調還能辨別。前兩天,收音機裏播送天氣預報的時候,我在另一間屋子裏,「最高氣溫攝氏」之後只聽到一個「ㄨˇ 度」,可是我知道不是五度就是九度。有一位朋友曾經説過,有時一邊刷牙,一邊還能跟人搭話,這時候聲母韻母都不清楚,傳遞信息主要靠聲調。有人能用馬頭琴等樂器模仿唱戲,熟習那段戲詞的人就能從那聲調的高低升降上聽出字眼來。墨西哥的馬札特克人吹口哨吹出一句話的聲調,用來傳話。都是證明。

從前填詞、作曲,很講究四聲的分別,為的是使字兒和譜子協調,傳統的戲詞、大鼓書等也還顧到這一點,新編的歌曲就往往不怎麼照顧了。大概字兒文點兒,唱腔花點兒,聽眾也就不大意識到字的聲調;唱詞越近於説話,唱腔越質樸,四聲走了樣就越顯得彆扭——聽不懂不好受,聽懂了更難受。許多人不愛聽用漢語演唱的西洋歌劇,特別是裏邊類似道白的部分,就是這個原故。

聲、韻、調在文學上的應用

弄清楚聲、韻、調的概念,是了解古典文學中許多現象的

必要條件。疊韻的關係首先被利用來在詩歌裏押韻。上古詩歌押韻以元音和諧為主，似乎聲調不同也可以押韻。六朝以後用韻漸嚴，要求分別四聲，後世的詩韻一直遵守這個原則。宋朝人做詞，漸漸有上、去不分，甚至四聲通押的情況，韻部也歸併成較少的數目。到了元曲，四聲通押成為通例。現代的京戲和曲藝用的是「十三轍」，可算是最寬的韻類了。

押韻可以是全篇用一個韻，也可以在當中換韻。律詩總是一韻到底，很長的「排律」也是如此。古體詩有一韻到底的，也有幾句換一個韻的，例如白居易的《長恨歌》，開頭和結尾都是八句一韻，中間多數是四句一韻，有幾處是兩句一韻。詞的用韻較多變化，舉一首比較複雜的做例子，溫庭筠的《酒泉子》：

> 花映柳條，閒向綠萍池上。憑欄杆，窺細浪，雨蕭蕭。
>
> 近來音信兩疏索，洞房空寂寞。掩銀屏，垂翠箔，度春宵。

全首十句，除第三句和第八句不用韻外，其餘八句花搭着押了三個韻：

宵　箔　寞　索　蕭　浪　上　條

這種用韻的格式在西洋詩裏常見，漢語詩歌只有在詞裏才偶然見到。元曲用韻又歸於簡單，一般是一套曲子一韻到底。

做詩的人常常利用兩字雙聲或疊韻作為修辭手段。例如杜甫的詩：「吾徒自漂泊，世事各艱難。」（《宴王使君宅》）「吾徒」、「艱難」疊韻，「漂泊」、「世事」雙聲。這種例子很多。又如韓愈的詩《聽穎師彈琴》頭上兩句：「昵昵兒女語，恩怨相爾汝。」按當時的語音，「昵女」雙聲，「兒爾汝」雙聲，這兩組的聲母以及「語」的聲母在那個時代是同類（鼻音），此外「恩怨」也是雙聲。「女語汝」是疊韻，「兒爾」韻母相同，「昵」的韻母也大部分相同。這兩句詩裏邊沒有一個塞音或塞擦音的聲母，並且除「恩」字外，韻母都有 i─介音。這樣就產生一種跟這兩句詩的內容配合得非常好的音樂效果。

利用雙聲、疊韻的極端的例子是全句甚至通首雙聲或者疊韻的詩。各舉一例：

貴館居金谷，關扃 [jiōng ㄐㄩㄥ] 隔蕙街，冀君見果顧，郊閒光景佳。（庾信《示封中錄》，通首雙聲）❶

---

❶ 「見果顧」似應為「果見顧」，這裏是根據四部叢刊本。

紅櫳通東風，翠珥醉易墜。平明兵盈城，棄置遂至地。（陸龜蒙《吳宮詞》，四句各疊韻）

這已經越出修辭的正軌，只能算是遊戲筆墨了。

　　在漢語的詩律裏，比雙聲、疊韻更重要，佔主導地位的語音因素，還得數四聲。四聲之中，音韻家把平、上、去歸為一類，跟入聲對立，文學家卻把上、去、入歸為一類，跟平聲對立，稱之為仄聲。平聲和仄聲的種種組合，一句之內的變化，兩句之間的應和，構成漢語詩律的骨架。稍微接觸過舊詩的人，都知道「仄仄平平仄，平平仄仄平」等等，這裏就不談了。

　　正如有雙聲詩、疊韻詩一樣，也有一種四聲詩。例如陸龜蒙的詩集裏有《夏日閑居》四首，每一首的單句全用平聲，雙句則第一首平聲，第二首上聲，第三首去聲，第四首入聲。引全平聲的一首為例：

　　荒池菰蒲深，閑階莓苔平。江邊松篁多，人家簾櫳清。

　　為書凌遺編，調弦誇新聲。求歡雖殊途，探幽聊怡情。

本來是平仄相間，構成詩律，現在全句、全首一個聲調，當然也只能算是語言遊戲了。

不但是詩律以平仄對立做它的核心，散文作者也常常利用平聲和仄聲的配合，特別是在排偶句的末一字上，使語句在聲音上更加諧和，便於誦讀。例如：

> 然則高牙大纛，不足為公榮，桓圭袞裳，不足為公貴。惟德被生民而功施社稷，勒之金石，播之聲詩，以耀後世而垂無窮，此公之志而士亦以此望於公也。（歐陽修《晝錦堂記》）

> 野芳發而幽香，佳木秀而繁陰，風霜高潔，水落而石出者，山間之四時也。（歐陽修《醉翁亭記》）

> 嘉木立，美竹露，奇石顯。由其中以望，則山之高，雲之浮，溪之流，鳥獸之遨遊，舉熙熙然迴巧獻技，以效茲丘之下。（柳宗元《鈷鉧潭西小丘記》）

加○和•的是平聲字，加○和▲的是仄聲字，○和•是主要的，△和▲是次要的。以主要位置上的平仄而論，第一例是基本上用仄平平仄，平仄仄平的配列，節奏柔和，近於駢文和律詩。第二例四個排句的結尾是兩個平聲之後接着兩個仄聲，末句用平聲字結。第三例的配列又不同，前面三個排句幾乎全是仄

聲字，後面四個排句幾乎全是平聲字，結句的末尾用仄聲，節奏十分挺拔，跟第一例形成顯明的對比。

不必「談音色變」

中國的音韻之學開始在六朝。那時候好像人人都對語音感興趣似的。《洛陽伽藍記》裏記着一個故事：有一個隴西人李元謙愛説「雙聲語」，有一天打冠軍將軍郭文遠家門口過，看見房子華美，説：「是誰第宅過佳？」郭家一個丫鬟叫春風的在門口，回答他説：「郭冠軍家。」李元謙説：「凡婢雙聲。」春風説：「佇奴慢罵。」連一個丫鬟也懂得用雙聲説話，文人學士更不用説了。❶

不知道為甚麼語音現象後來變得越來越神祕起來。到了現在，連許多從事語文工作的人也「談音色變」，甚至把那簡單明瞭的漢語拼音方案也看成天書，不敢去碰它，查字典總希望有直音。可是小學生卻一點不覺得困難，很快就學會了。一般認為最難辨的是辨別四聲，小孩兒學起來卻毫不費力。我家裏有個八歲的孩子，剛進小學一年級不久，有一天問我：「一夜」的「一」該標第一聲還是第二聲？ 原來「一」字

<hr>

❶ 「是誰」雙聲，「第宅」準雙聲，「過佳」雙聲。「郭冠軍家」雙聲，「凡婢」雙聲，「雙聲」雙聲，「佇奴」雙聲，「慢罵」雙聲。古音如此，有些字今音與古音不同，不是雙聲了。

單說是陰平即第一聲，在去聲字之前是陽平即第二聲，「夜」是去聲字，「一夜」的「一」實際發音是陽平，但教科書按一般慣例，凡「一」字都標陰平，所以小朋友有疑問。這不證明學會辨別聲調並不是甚麼艱難的事情嗎？

3 形、音、義

形、音、義的糾葛

文字有形體、聲音、意義三方面，這三方面的關係可以從兩個角度來研究。或者是研究一個字的形、音、義的內部聯繫：這個字為甚麼這樣寫，這個字為甚麼讀這個音。這種研究從《說文解字》以來就形成了一個傳統，現在管它叫文字學。或者是研究不同的字在形、音、義方面的異同以及由此形成的錯綜複雜的關係。從前的文字學著作有的也附帶講點兒，後來又有《字辨》一類的書，供人參考和學習，但是缺少系統的論述。對一般人來說，知道一個字本身的形、音、義關係當然也有點兒好處，可是關於這個字和那個字的形、音、義的異同和關係的知識，也許更有實用價值，可以幫助他少唸別字、少寫別字。現在想就這個問題談談一般的情況。

最理想的文字應該是一個字只有一個寫法（拼法），一

種讀音，一個或者相近的一組意義；任何兩個字都在形、音、義三方面互相區別。可惜世界上沒有這種文字。以英語為例，一個字會有兩種寫法，像 enclose 或 inclose（封入），gaol 或 jail（監牢）；一個字會有兩種讀音，像 read（讀）現在時唸 [riːd]，過去時唸 [red]，permit 動詞（允許）唸 [pəˊmit]，名詞（允許狀）唸 [ˊpəːmit]；幾個字的讀音會完全相同，像 know（知道）和 no（不）都唸 [nou]，right（右）、write（寫）和 rite（儀式）都唸 [rait]。就複雜的程度說，英語可以說是中等，有些語言比英語好些，可是漢語的情況比英語還要厲害些。請看下面這個例子：

cháng 彳ㄤˊ	長	長短 (1) 擅長，長於 (1a)
		長幼，長輩 (2) 首長（校長）(2a)
zhǎng ㄓㄤˇ		
	漲	生長，增長（長大、長高）(3) 增高（漲水、漲價）(3a) （高漲）(3a) 增多（錢漲出來了）(3b) 增大（豆子泡漲了）(3c) （熱脹冷縮）(3c)
zhàng ㄓㄤˋ		
	脹	過滿（肚子發脹、頭昏腦脹）(3d)

三個讀音，三個字形，三組意義，但不是一對一而是互相參差。zhǎng ㄓㄤˇ 這個音聯繫兩組意義；生長、增長這一組意

義分屬兩個音，寫成三個字；zhǎng ㄓㄤˇ 和 zhàng ㄓㄤˋ 各有兩種寫法；「長」這個字形要為兩個讀音和三組意義服務。這種錯綜複雜的情形當然不多，可是一般程度的糾葛是很多的。

如果拿漢字做出發點，可以分別下面這些情況：(1) 一字多形──異體字；(2) 一字多音──異體字；(3) 一音多字──同音字；(4) 一字多義──多義字。底下就按這個次序看看漢字的形、音、義交叉的情況，最後談談從語言的角度看，應該怎樣認識這個問題。

異體字利少弊多

異體字是一個字的不同寫法。兩個或幾個字形，必須音義完全相同，才能算是一個字的異體。例如「强、強、彊」是一個字，「窗、牎、牕、憁」是一個字。一般情況，異體字的形體總有一部分相同，上面這兩組都是這樣。可是也有全不相同的，例如「乃、迺」，「以、㠯」，「專、耑」，「野、埜」，等等。

有些字只在用於某一意義的時候才有另一種寫法，用於另一意義的時候就不能那樣寫。例如「凋、琱、彫、雕、鵰」五個字形，只有一個是在任何場合都可以通用的。

「草木零落」	凋 ×	彫	雕	×
「鏤刻，彩畫塗飾」	× 琱	彫	雕	×
「鷙鳥」	× ×	×	雕	鵰

真正的異體字並不太麻煩，麻煩的是這種部分異體字。再舉兩個例子：

$$
\begin{cases}
紀、記（紀念、紀錄、紀事）\\
紀（紀律、世紀）\\
記（記號、記憶、記者）
\end{cases}
$$

$$
\begin{cases}
挫、剉、銼（少）（挫折、挫傷）\\
挫（抑揚頓挫）\\
銼、剉（銼刀、銼平）
\end{cases}
$$

異體問題又常常跟異讀問題糾結在一起。例如「強」有三種寫法，同時有三種讀音（qiáng ㄑㄧㄤˊ，qiǎng ㄑㄧㄤˇ，jiàng ㄐㄧㄤˋ），不過字形和字音之間沒有選擇關係。下面是有選擇關係的例子：

$$
讙：\begin{cases}
huān ㄏㄨㄢ ＝歡\\
xuān ㄒㄩㄢ\\
\quad ＝諠、喧
\end{cases}
$$

$$\text{舍}:\begin{cases} \text{shě } ㄕㄜˇ = \text{捨} \\ \text{shè } ㄕㄜˋ \\ \neq \text{捨} \end{cases}$$

$$\text{叫}: \text{jiào } ㄐㄧㄠˋ \begin{cases} (\text{叫喚}) \\ (\text{叫他走開}) \end{cases} \left.\begin{matrix} \neq \\ = \\ \neq \end{matrix}\right\} \begin{matrix} \text{jiào } ㄐㄧㄠˋ \\ \text{jiāo } ㄐㄧㄠ \end{matrix} \Big\} \text{教}$$

　　異體字是漢字歷史發展的產物，古書上的異體字也不可能一概取消。可是作為現代文字工具，異體字實在是有百弊而無一利，應當徹底整理一下。可是單純異體字好處理，部分異體字處理起來可得費點心思。

異讀字要盡量減少

　　異讀字的情況比異體字複雜得多。異讀字可以按幾個讀音是否相近分成兩類，讀音相近的又可以按意義的異同分開來談。

　　讀音相近的，它們的差別或者是聲母不同，例如：

　　　祕：mì ㄇㄧˋ，祕密；bì ㄅㄧˋ，便祕。

　　　繫：jì ㄐㄧˋ，繫鞋帶；xì ㄒㄧˋ，聯繫。

或者是韻母不同，例如：

薄：báo ㄅㄠˊ，紙很薄；bó ㄅㄛˊ，薄弱。

熟：shóu ㄕㄡˊ，飯熟了；shú ㄕㄨˊ，成熟。

或者是聲調不同，例如：

骨：gú ㄍㄨˊ，骨頭；gǔ ㄍㄨˇ，骨節、脊椎骨。

差：chā ㄔㄚ，差別；chà ㄔㄚˋ，差不多。

或者是聲、韻、調裏有兩項或者三項不同，例如：

嚇：hè ㄏㄜˋ，恐嚇；xià ㄒㄧㄚˋ，嚇壞了。

殼：ké ㄎㄜˊ，雞蛋殼兒；qiào ㄑㄧㄠˋ，地殼。

虹：hóng ㄏㄨㄥˊ，虹彩；jiàng ㄐㄧㄤˋ，天上出

虹了。

這些不同的讀音往往是一個用在口語性較強的字眼裏，一個
用在書面性較強的字眼裏。這些字的讀音差別一般是有規律
的：其中一部分在古時候只有一個讀音，後來說話音和讀書
音分化了，形成「文白異讀」的現象。各地方言都有這樣現
象，北京語不是最突出的。

　　有些異讀字的一個讀音專門用在姓氏或者地名上。例
如：「任」一般唸 rèn ㄖㄣˋ，姓唸 rén ㄖㄣˊ，地名「任

縣、任邱」也唸 rén ㄖㄣˊ；「華」一般唸 huá ㄏㄨㄚˊ，姓唸 huà ㄏㄨㄚˋ，地名「華山、華縣、華陰」也唸 huà ㄏㄨㄚˋ；「堡」一般唸 bǎo ㄅㄠˇ，地名「吳堡、瓦窰堡」等唸 bǔ ㄅㄨˇ，「十里堡」等唸 pù ㄆㄨˋ，也寫做「鋪」。

上面這些例子都可以說是讀音的差別並不表示意義有多大差別，只是使用的場合不同罷了。另外有些字，不同的讀音所聯繫的意義已經有些距離。例如：

好：hǎo ㄏㄠˇ，好壞；hào ㄏㄠˋ，愛好。

縫：féng ㄈㄥˊ，縫補；fèng ㄈㄥˋ，縫兒。

傳：chuán ㄔㄨㄢˊ，傳播；zhuàn ㄓㄨㄢˋ，傳記。

調：tiáo ㄊㄧㄠˊ，調弦；diào ㄉㄧㄠˋ，腔調。

這類字很多。它們的讀音差別是古來就有的，規律性頗強，主要是用不同的聲調表示不同的詞類，聲母的不同往往是聲調不同引起的（如「傳」、「調」）。這類字從語言的角度來看，都應該算是兩個字，不過關係很密切，可以叫做「親屬字」。

有些異讀字，讀音雖然相近，意義相差很遠。從語言上看，不但不是一個字，也不能算是親屬字，只是幾個字共用一個字形罷了。例如：

差：chā ㄔㄚ，差別；chāi ㄔㄞ，差遣。

炮：páo ㄆㄠˊ，炮製藥材；pào ㄆㄠˋ，槍炮。

的：dí ㄉㄧˊ，的確；dì ㄉㄧˋ，目的；de ˙ㄉㄜ，紅的。

打：dǎ ㄉㄚˇ，敲打；dá ㄉㄚˊ，一打十二個。

末了這個例子最明顯，一打的「打」是譯音，跟敲打的「打」毫無關係。槍炮的「炮」原來寫做「礮」，紅的白的的「的」原來寫做「底」，也可以證明兩個「炮」和兩個「的」都是沒有關係的（的確的「的」和目的的「的」意義相關，古時候讀音相同，是一個字，現在讀音不同，也許得算兩個字）。

另一類異讀字的讀音相差很大。有的是意義相同，例如「尿」有 niào ㄋㄧㄠˋ 和 suī ㄙㄨㄟ 兩讀，「拗」有 ào ㄠˋ 和 niù ㄋㄧㄡˋ 兩讀。這往往是不同方言混合的結果。有的是意義毫無關係，是借用字形的結果。例如古代三十斤為鈞，四鈞為石，是重量單位。糧食論斗，是容量單位；因為十斗糧食的重量大致相當於一石，所以糧食也論石，一石等於十斗，又成了容量單位（至今有些方言裏糧食還是論「石」）。後來又因為一石糧食恰好是一個人所能挑擔的重量，於是一石又稱一擔，可是仍然寫做「石」，於是「石」就在 shí ㄕˊ 之外又

添了 dàn ㄉㄢˋ 這個音。廣西壯族一度寫做僮族,寫「僮」讀 zhuàng ㄓㄨㄤˋ,借用僮僕的「僮」tóng ㄊㄨㄥˊ,於是「僮」字就有了兩個讀音。這種現象就是日本人所說的「訓讀」——借用漢字代表日語的字眼,不取漢字的音而用原有字眼的音來讀,例如寫「人」可是讀 hito,寫「山」可是讀 yama。這種異讀字,無論是方言混合的結果,或者是借用字形的結果,既然聲音相差很遠,在語言裏都得認為是不同的字。

還有一些古代的譯名,有傳統的讀法,跟漢字的現代音不同。例如「大宛」讀 dà-yuān ㄉㄚˋ ㄩㄢ,「龜茲」讀 qiū-cí ㄑㄧㄡ ㄘˊ,「單于」讀 chán-yú ㄔㄢˊ ㄩˊ,「冒頓」讀 mò-dú ㄇㄛˋ ㄉㄨˊ。這是另一類異讀字。

異讀字也是歷史發展的結果,可是在文字的學習上增加不小的困難。普通話審音委員會已經刪汰了不少異讀,保留下來的是委員會認為有區別意義的作用或者使用場合不同的。可是大多數字都只有一個讀音,一字一讀是合乎文字功能的原則,因而也是深入人心的趨勢。因此只有幾個讀音都是常常應用,勢均力敵,才能長久並行,例如「長」cháng ㄔㄤˊ 和「長」zhǎng ㄓㄤˇ,「樂」lè ㄌㄜˋ 和「樂」yuè ㄩㄝˋ。否則比較少用的讀音很容易被常用的讀音擠掉,例如「間接」不說 jiànjiē ㄐㄧㄢˋ ㄐㄧㄝ 而說成

jiānjiē ㄐㄧㄢ ㄐㄧㄝ，「處理」不說 chǔlǐ ㄔㄨˇ ㄌㄧˇ 而說 chùlì ㄔㄨˋ ㄌㄧˋ，「從容」不說 cōngróng ㄘㄨㄥ ㄖㄨㄥˊ 而說成 cóngróng ㄘㄨㄥˊ ㄖㄨㄥˊ，「一唱一和」的「和」不說 hè ㄏㄜˋ 而說成 hé ㄏㄜˊ，不但常常可以從一般人嘴裏聽到，而且也常常可以從電影裏、舞台上和廣播裏聽到。是不是有一天會「習非成是」呢？誰也不敢預言。

與此有關的是文言裏的破讀問題。例如「解衣衣我，推食食我」的第二個「衣」字讀 yì ㄧˋ，第二個「食」字讀 sì ㄙˋ；「故王之不王，不為也，非不能也」的第二個「王」字讀 wàng ㄨㄤˋ。有人說這種破讀是注家的造作，不一定在實際語音上有根據。也有人認為當時語音確實有分別，現代還有不少用聲調表示詞類的字，可以作證。作為語言史上的問題，可以進一步研究，但是作為現代人學習文言的問題，也未嘗不可以另作考慮。現代的異讀是活在人們口頭的，尚且有一部分已經在逐漸被淘汰，古代的異讀只存在於古書的注釋中，自然更不容易維持。還有一說，文言裏的字已經全用現代音來讀，很多古代不同音的字都已經讀成同音，唯獨這些破讀不予通融，是不是也有點兒過於拘泥呢？

同音字數量繁多

同音字可以按意義是否相關分成兩類。意義不相關的，像「工、公、弓」，「電、店、殿、惦」，例子多得很，不必列舉，也沒有甚麼可討論的。意義相關的同音字可就不同了。它們的意義聯繫不是偶然的，是跟字音有關的，例如「崖」和「涯」，「亭」和「停」，「方」和「坊」，「椅」和「倚」，「曆」和「歷」。這些字是古時候就同音的。也有古時候只是讀音相近，後來變成完全相同的，例如「穫」和「獲」，「座」和「坐」（古上聲）。此外還有從古到今都只是讀音相近而不是完全相同的，例如「長、張、賬」，「孔、空、腔」，「叉、杈、汊、岔」（後三字同音），「環、圈、圓、旋」，「見、現」，「昭、照」，「劈、闢」，「知、智」，「牽、縴」，「分、份」，「背、揹」。這三類字，光從讀音看只有前兩類是同音字，但是這三類字都是每組讀音相同或者相近，而意義相關的，從語言的角度看都是親屬字。

這裏邊有幾個字的字形需要説明一下。古時候「曆」也寫做「歷」，「座」就寫做「坐」，「智」就寫做「知」，「現」就寫做「見」，很多書裏還保留這些寫法。「椅、縴、份、揹」出現更晚，「椅」原先就用「倚」字，其餘三個字原先都沒有偏旁。

這樣，問題就複雜起來了。拿「智」字做例子，也可以寫做「知」，那麼，就「知」這個字形說，它是個異讀字，有平聲和去聲兩個音；就去聲這個字說，它有「知」和「智」兩個異體；從音和義的聯繫說，這個去聲字和平聲字是親屬字。「椅、縛、份、揹」都是近代才出現的字形，是所謂「俗字」，不過「椅」和「縛」資格老些，「份」字資格雖不老，也站住了，只有「揹」字又作為異體，歸併到「背」字裏去了，儘管兩個字不同音。

還有一種特殊的同音字：「他」和「她」和「它」，「的」de‧ㄉㄜ和「地」de‧ㄉㄜ。這裏的字形分別純粹是書面上的事情，在語言裏只能算是一個字。

現代漢語裏同音字特別多。普通話裏有字的音節大約1200多個，一般字典、詞典收字大約 8000 － 10000 個，平均一個音節擔負七八個字。當然不可能「平均」，有許多音節只有一個字，有不少音節有十五六個字，《新華字典》（1962 年版）裏 zhì 這個音節有 38 個字，外加 9 個異體。

同音字多了，是否會在語言裏產生混亂呢？事實上，這種可能性極小。因為字總是組織在詞句裏的，這個音在這裏聯繫甚麼意義，一般沒問題。在書面語裏，字形不同當然有幫助，但是也不起決定性的作用，「一字多義」一般也沒問

題。口語沒有字形的幫助，照樣能發揮交際工具的作用。不過在文字的學習上倒的確引起一些困難，寫別字多數是由於同音。

漢語裏同音字特別多，編民歌、説笑話、説俏皮話的人充分利用了這一特點。(1) 六朝的《子夜歌》等民歌就已經有這種「諧音」的例子：「執手與歡別，合會在何時？明燈照空局，悠然未有棋（期）。」「我念歡的的，子行由豫情。霧露隱芙蓉，見蓮（憐）不分明。」「奈何許！石闕生口中，銜碑（悲）不得語。」(2) 謎語裏諧音的例子：「窮漢不肯賣鋪蓋——劉備（留被）。」(3) 歇後語裏的例子：「燈草拐杖——做不得拄（主）。」「旗杆上綁雞毛——好大的撣（膽）子。」(4) 笑話裏的例子：唐朝優人李可及，有一天有人問他釋迦牟尼佛是甚麼人，他説是女人。問的人説：這是怎麼回事？他説：《金剛經》裏有一句「敷坐而坐」，佛要不是女人，為甚麼要夫坐而後兒坐呢？（唐朝婦女常自稱為「兒」）(5) 對話裏的例子：京劇《賣馬》裏秦瓊對店主説要賣鐧 [jiǎn ㄐㄧㄢˇ]，店主説「不洗衣裳要鹼做甚麼？」老舍的《斷魂槍》裏的沙子龍，遇到徒弟們為打架或獻技去討教一個招數的時候，有時説句笑話馬虎過去：「教甚麼？拿開水澆吧！」(6) 繪畫裏也常常有諧音的現象，例如畫兩條魚表示「吉慶有餘」，畫兩個喜鵲立在梅

樹枝頭，表示「喜上眉梢」，畫五個蝙蝠表示「五福臨門」，
畫三隻羊表示「三陽開泰」，等等。

一字多義與數字同形

多義字在任何語言裏都是很普通的現象。越是常用的
字，越是意義多。意義的分項也很難有固定的標準，可以分
得細些，也可以分得粗些。同一個字，在小字典裏也許只分
兩三個義項，在大字典裏就可能分成十幾項甚至幾十項，這
裏就不舉例了。需要討論的是一個字的幾個意義相差到甚麼
程度，在語言裏就不應當還把它看成一個字。最明顯的是譯
音字。例如長度單位的「米」，跟吃的「米」毫無關係；重量
單位的「克」，跟克服的「克」毫無關係。其次是虛字，虛字
一般都是借用一個同音的實字。例如須要的「須」借用鬍須的
「須」（後來寫成「鬚」，現在又簡化成「須」）；不要的「別」
借用分別的「別」。這些都應該破除字形的假象，看成同音同
形的兩個不同的字。

此外還有許多字，幾個意義的差別也很大。隨便舉幾
個例子：快速的「快」和痛快的「快」；緩慢的「慢」和傲慢
的「慢」；樹木的「木」和麻木的「木」；配偶的「偶」和偶然
的「偶」；排列的「排」和排除的「排」；快速的「疾」和疾病

48

的「疾」；竹簡的「簡」和簡單的「簡」；材料的「料」和料想的「料」；露水的「露」和顯露的「露」，等等。這些字的不同意義很可能原來就沒有關係，有的也許當初有聯繫，可是現在也聯繫不上了。這種字也應當看做兩個同音字。

另一類字，幾個意義之間的聯繫是很清楚的，可是差別還是比較大，尤其是考慮到詞類。例如：鎖門的「鎖」和一把鎖的「鎖」；消費的「費」和水電費的「費」；相信的「信」和一封信的「信」；書寫的「書」和一本書的「書」；張開的「張」和一張紙的「張」，等等。這種字似乎可以算一個字，也可以算兩個同音的親屬字。在語言裏，一字多義和兩字同音是很難區別的。這種游移兩可的情形可以從某些「俗字」的產生看出來。例如把「上鞋」寫做「緔鞋」，把「安裝」寫做「按裝」，把「包子」寫做「飽子」。這些字我們管它叫「俗字」，其實過去漢字的越來越多，主要就是這樣來的，不過通用的時間長了，著錄在字書裏，就不再說它是俗字了。

漢字為漢語服務並不盡善盡美

上面分別異體字、異讀字、同音字、多義字，是從漢字出發來談的。談着談着就發現，從語言的角度看，這樣分類並不能說明問題。從語言出發，主要是音和義的問題，字形

只有有限的參考作用。在語言裏，或者是一個字（語素），或者是兩個親屬字，或者是兩個無關係的字。語言裏的一個字，在文字裏可以有幾個字形；更多的情況是，文字裏的一個字，在語言裏該算做兩個字。可以畫成一個簡單的圖（見下圖）。從這個圖上可以看出，兩方面的參差是相當厲害的，特別是異讀字包括多種情況。語言在不斷發展中，文字總是比較固定，比較保守。有人說漢字是最適合漢語的文字，可是要照我們今天談的各種情況看，漢字為漢語服務也並不那麼盡善盡美。

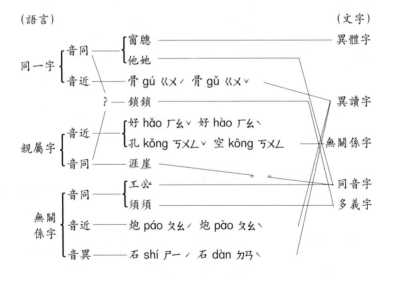

4 字、詞、句

語言的單位

這裏要談的是語句結構的問題。談到結構，必得先有大大小小的一些單位，沒有不同的單位就談不上甚麼結構。比如生物的結構是由細胞構成組織，由組織構成器官，由器官構成整個生物。語言的單位，常常講到的有詞、短語、句子等等。這些是語法學家們用的名目，一般人腦子裏大概只有「字」和「句」。要是追溯到很古的時候，那就只有一個名稱，叫做「言」。這個「言」字至少有三個意思。(1)《論語》裏孔子説：「今吾於人也，聽其言而觀其行。」又説：「古者言之不出，恥躬之不逮也。」這裏的「言」是話的意思，是總括的名稱，不是一種單位。(2) 孔子又説：「詩三百，一言以蔽之，曰，『思無邪』。」《左傳》裏趙簡子説鄭國的子太叔「語我九言，曰，『無始亂，無怙 [hù ㄏㄨˋ] 富，…… 』」。這裏的

「言」是一句話的意思。這個意義現在還保存在一些熟語裏，如「一言為定」就是「一句話算數」，「三言兩語」就是「三句兩句」，「一言既出，駟馬難追」就是「一句話說出去就收不回來」。(3)《論語》裏子貢問孔子：「有一言而可以終身行之者乎？」孔子說：「其『恕』乎。」《戰國策》裏說齊國的田嬰有一回要做一件事情，不要別人勸他。有一個人說：「臣請三言而已矣，益一言，臣請烹。」田嬰就讓他說，他說「海大魚」，說完了轉身就走（故事的下文從略）。這裏的「言」是一個字的意思。後世的「五言詩、七言詩」裏邊的「言」也是字的意思。(2) 和 (3) 都是語言單位的名稱，後來分別稱為「句」和「字」，例如《文心雕龍》的作者劉勰 [xié ㄒㄧㄝˊ] 說：「夫人之立言，因字而生句，積句而成章。」這兩個名稱一直用到現在。只是有過一點兒小小變化，那就是在量詞和名詞分家之後，「字」還是個名詞，「句」卻成了量詞，人們只說「一個字」、「一句話」，不說「一個句」。直到最近，把「句」叫做「句子」，這才可以說「一個句子」。

三位一體的「字」

「字」這個字在古時候，除了別的意義之外，用在語文方面，主要指文字的形體。例如許慎的《說文解字》這部書的主

要着眼點就是字形構造。可是到了劉勰説「夫人之立言，因字而生句」的時候，就顯然是用來指語言單位，以音義為主了。寫在紙上的字，有形、音、義三個方面，説話裏邊的字就只有音和義，形是看不見的，雖然在讀書人的腦子裏有時候也會閃出一個字的形狀。我們平常説到「字」字，有時候指它的這一方面，有時候指它的那一方面。比如説「一橫一竪、一橫一竪、一橫一竪、一竪一橫、一竪一橫、一竪一橫，打一個字」，指的是字的形狀（「亞」）。又比如説「『亮』字比『明』字響亮」，指的是這兩個字的聲音。要是説「諒他也不敢説一個『不』字」，那就指的是一定的音和一定的義結合在一起的「字」，一個語言單位。平常説話，這樣時而指這，時而指那，也沒有甚麼不方便。可是要講語文問題，就需要分別定個名稱。專門指形體的時候，最好管它叫「漢字」。專門指聲音的時候，最好管它叫「音節」。專門指音義結合體的時候，最好管它叫「語素」。

　　漢字、音節、語素形成三位一體的「字」。當然，這只適用於漢語。要是另一種語言，情形就不同了。它的一個語素可能是一個音節，也可能不到一個音節，也可能不止一個音節。別的語言當然不用漢字，日本還部分地用漢字，可是往往唸成兩個音節。其實啊，漢字、音節、語素三合一這句

話，也只能説是漢語的基本情況是這樣，有好幾種例外情形。(1) 有些語素不止一個音節，寫出來當然也不止一個漢字。例如「蟋蟀、葡萄、馬達、巧克力」。後三個是外來語。(2) 一個音節包含兩個語素，寫成兩個漢字。主要是「兒化詞」，例如「花兒」（這是普通話的情形，有些方言裏「兒」字另成音節）。此外，北京人說「我們、你們、他們、甚麼、怎麼、這麼、那麼」，說快了第二個字就只剩一個 -m ㄇ，黏在第一個字後頭，也就只有一個音節了。(3) 一個音節，一個漢字，可是包含兩個語素。例如「倆」（＝兩個），「仨」（＝三個），「咱」（zán ㄗㄢˊ ＝咱們），「您」（＝你＋n ㄋ [＋變調]）。[❶] (4) 一個漢字代表兩個語素，唸成兩個音節。例如「瓩」（千瓦），「浬」（海里），「哩」（英里）。

　　正因為説漢語的人習慣於音節有意義，漢字有意義，因而音譯外來語總是不太喜歡，有機會就用意譯詞來代替。清末民初的翻譯小説裏，多的是「密司脱、德律風、司的克」

---

❶ 「您」的來源有兩説。一説，「您」是「你們」的合音。先是「們」的韻母消失，成為 nim・ㄋㄧㄇ，・ㄇ ㄇ又變成 ㄋ ㄣ。這個「您」字早就見於金元戲曲，但那些戲曲裏的「您」只有「你們」的意義，單數敬稱的用法是後起的。另一説，「您」是「你老」（你老人家）的合音。「老」的聲母是 ㄌㄠ，跟 ㄋ ㄣ的發音部位相同，ㄌㄠ不能做韻尾，就變成 ㄋ ㄣ。「你」和「老」都是上聲，「你」變陽平，所以「您」是陽平。就現代漢語來分析，可以把 ㄋ ㄣ當作一個表示敬稱的語素，只見於「您」和「怹」兩個字。

之類的字眼，後來都被淘汰了。由於同樣的理由，在一定的組合裏，音譯專名的頭一個字可以代表全體。例如「馬列主義」，「普法戰爭」；甚至一個「阿」字在不同場合可以代表「阿爾巴尼亞」、「阿爾及利亞」、「阿富汗」或者「阿根廷」。

語音的「句」和語法的「句」

以上談的是「字」，現在來談「句」。《文心雕龍》裏說：「句者，局也。局言者，聯字以分疆」，意思是說，把整段的話分成若干小片段，叫做句，句一方面是「聯字」，一方面又彼此「分疆」。又說：「句司數字，待相接以為用」，這是說，句子由字組成，字和字之間有一定的結構關係。對於句子的這種說法，跟現在的理解也還相近。可是傳統的「句」和現在的「句子」有一點很不同：「句」的長短差不多有一定的範圍，可是「句子」呢，可以很短，也可以很長。比如「君子食無求飽，居無求安，敏於事而慎於言，就有道而正焉，可謂好學也已」（《論語》），從前算五句，現在只算一個句子。另一方面，像「子曰：『參乎，吾道一以貫之。』曾子曰：『唯！』」（《論語》），這個「唯」字，按現在的說法也是一個句子；按從前的理解是不是一句呢，就很難說。要拿「各司數字」，「聯字以分疆」做標準，這裏只有一個字，就算不了句了。

為甚麼會有這樣的分歧呢？原來現在講句子是從語言出發。語言的主要用處是對話，一個人一次說的話是一個交際單位，因此不管多短，都得算一個句子。話要是長了，語音上必定有若干停頓。其中有些段落，語法結構上沒有甚麼牽連，儘管在這裏是一段跟着一段，在另外的場合卻都可以單獨說，同時，這些段落的末了都有跟單獨一句的末了相同的語調——這樣的段落，一段是一個句子。這種段落的內部的停頓，沒有上面所說的結構和語音上的特徵，就不算句子。這是現在的看法。從前講句讀 [dòu ㄉㄡˋ] 是從文字出發。文字大都是獨白，整篇才是一個交際單位。把整篇的文字劃分成若干句，只是為了誦讀的便利，所以句的長短不會相差太遠。一般是三五個字，多到八九個字，只要意義允許，唸起來就停頓一下，就算一句。同樣的語法結構，有時候算兩句，有時候算一句，例如「清風徐來，水波不興」是兩句，「風平浪靜」是一句。

「詞」的今昔

「字」和「句」都講過了，再來談談「詞」。古時候所謂「詞」是虛字的意思。用做語言單位的名稱，好像是從章士釗的《中等國文典》（1907）開始。這本書裏只說「泛論之則為字而以文

法規定之則為詞」，可是沒有說出怎麼個規定法。幾十年來，語法學家一直在尋找這個規定法還沒找着。現在比較通行的標準是：(1)「可以獨立運用」，用來區別詞和不成為詞的語素；(2)「不能擴展」，也就是中間不能插入別的成分，用來區別詞和詞組。這兩條標準運用起來都遇到一些問題。「獨立運用」可以有各種解釋，一般理解為包括兩種情形：(a) 能單獨說的是詞，例如「三」；(b) 把上一類提開之後剩下的，雖然不能單獨說，也算是詞，例如「個」。這樣，「三個」就是兩個詞。可是按這個標準，「電」和「燈」都能單獨說，「電燈」是兩個詞；「電影」裏把「電」提開，剩下的「影」也得算一個詞。為了防止得出這樣的結論才又有「不能擴展」的標準。「電燈」和「電影」都不能擴展，所以都只是一個詞。可是這樣一來，又得承認「人民公社」、「無機化學」等等都不是詞組而只是詞，這顯然是不行的。

「詞」在歐洲語言裏是現成的，語言學家的任務是從詞分析語素。他們遇到的是 reduce（縮減），deduce（推斷），produce（生產）這些詞裏有兩個語素還是只有一個語素的問題。漢語恰好相反，現成的是「字」，語言學家的課題是研究哪些字羣是詞，哪些是詞組。漢語裏的「詞」之所以不容易歸納出一個令人滿意的定義，就是因為本來沒有這樣一種現成

的東西。其實啊，講漢語語法也不一定非有「詞」不可。那麼為甚麼還一定要設法把它規定下來呢？原來「詞」有兩面，它既是語法結構的單位，又是組成語彙的單位，這兩方面不是永遠一致，而是有時候要鬧矛盾的。講漢語語法，也許「詞」不是絕對必要，可是從語彙的角度看，現代漢語的語彙顯然不能再以字為單位。用漢字寫漢語，這個問題還不十分顯露；如果改用拼音文字，這個問題就非常突出了。所以漢語裏的「詞」的問題還是得解決，可是只有把它當作主要是語彙問題來處理，而不專門在語法特徵上打主意，這才有比較容易解決的希望。

漢語語法的特點

現在來談談語句結構，也就是語法問題。一提到語法，有些讀者馬上會想到名詞、動詞、形容詞，主語、謂語、賓語，等等等等，五花八門的名堂，有的甚至立刻頭疼起來。因此我今天下決心不把這些名堂搬出來；要是無意之中漏出兩個來，還請原諒，反正可以「望文生義」，大致不離。至於另外有些讀者對這些術語特別感興趣，那麼，講語法的書有的是。

語法這東西，有人說是漢語沒有。當我還是一個中學

生的時候，不知道從哪兒聽來這種高論，就在作文裏發揮一通，居然博得老師許多濃圈密點，現在想起來十分可笑。一種語言怎麼能夠沒有語法呢？要是沒有語法，就剩下幾千個字，可以隨便湊合，那就像幾千個人住在一個地方，生活、工作都沒有「一定之規」，豈不是天下大亂，還成為一個甚麼社會呢？如果説漢語沒有語法，意思是漢語沒有變格、變位那些花樣兒，那倒還講得通。可是語法當然不能限於變格、變位。任何語言裏的任何一句話，它的意義絕不等於一個一個字的意義的總和，而是還多點兒甚麼。按數學上的道理，二加二只能等於四，不能等於五。語言裏可不是這樣。最有力的證明就是，拿相同的多少個字放在一塊兒，能產生兩種（有時候還不止兩種）不同的意義，這種意義上的差別肯定不是字義本身帶來的，而是語法差別產生的。可以舉出一系列這樣的例子：

（1）次序不同，意義不同。（a）「創作小説」是一種作品，「小説創作」是一種活動。「資本主義國家」是一種國家，「國家資本主義」是一種經濟制度。（b）「一會兒再談」是現在不談，「再談一會兒」是現在談得還不夠。「三天總得下一場雨」，雨也許是多了點兒，「一場雨總得下三天」，那可真是不得了啦。（c）「她是不止一個孩子的母親」是説她有好幾個孩子，「她不

止是一個孩子的母親」是說她還是成百個孩子的老師甚麼的。「你今天晚上能來嗎？」主要是問能不能來，「你能今天晚上來嗎？」主要是問來的時間。(d)「五十」倒過來是「十五」，「電費」倒過來是「費電」，「包不脫底」倒過來是「底脫不包」。1960年發行過一種郵票，底下有四個字，從左往右唸是「豬肥倉滿」，從右往左唸是「滿倉肥豬」，好在上面的畫兒很清楚，是一頭肥豬，一大口袋糧食，證明第一種唸法對。日本侵略軍佔領上海時期，有些商店大拍賣時，張掛橫幅招貼，「本日大賣出」，要是從右往左唸，就成了「出賣大日本」。這就自然叫人想到從前的回文詩。歷代詩人做過回文詩的不少，這裏不舉例了。集回文之大成的《璇璣圖》被《鏡花緣》的作者採入書中第41回，好奇的讀者不妨翻出來一看。

（2）分段不同，意義不同。(a) 有一個老掉了牙的老笑話。下雨了，客人想賴着不走，在一紙張上寫下五個字：「下雨天留客。」主人接下去也寫五個字：「天留人不留。」客人又在旁邊加上四個圈，把十個字斷成四句：「下雨天。留客天。留人不？留。」(b) 有人把唐人的一首七絕改成一首詞：「清明時節雨，紛紛路上行人。欲斷魂。借問酒家何處？有牧童遙指杏花村。」這樣的詞牌是沒有的，可是的確是詞的句法。這兩個例子都只是就文字而論是兩可，一唸出來就只有

一可，非此即彼。底下的例子，除非有意加以分別，否則説出來是一個樣兒。(c)「他和你的老師」，可能是兩個人（他｜和｜你的老師），可能是一個人（他和你的｜老師）。(d)「找他的人沒找着」，也許是他找人（找｜他的人），也許是人找他（找他的｜人）。(e)《人民日報》(1963.12.8) 上有個標題是《報告文學的豐收》，分段是在「的」字後頭；可是光看這七個字，也未嘗不可以在「告」字後頭分段。以上三個例子都是「的」字管到哪裏（從哪個字管起）的問題。「的」字管得遠點兒還是近點兒，意思不一樣。(f)《北京晚報》(1961.12.13) 上有吳小如先生一篇短文，説白香山的詩句「紅泥小火爐」一般人理解為「小｜火爐」是不對的，應該是「小火｜爐」。講得很有道理。(g) 有一個笑話説從前有一個人在一處作客，吃的南京板鴨，連聲説「我懂了，我懂了」。人家問他懂了甚麼，他説，「我一直不知道鹹鴨蛋是哪來的，現在知道了，是鹹鴨下的。」這就是説，他把「鹹｜鴨蛋」當做「鹹鴨｜蛋」了。(h)《光明日報》(1962.7.2) 上有個標題是《北京商學院藥品器械系和附屬工廠結合教學實習檢修安裝醫療器械》，可以有三種理解（兩道豎線是第二次分段）：(1) 結合教學｜實習 ‖ 檢修安裝醫療器械；(2) 結合教學實習｜檢修 ‖ 安裝醫療器械；(3) 結合教學實習｜檢修安裝 ‖ 醫療器械。如果在「教學」或

者「實習」後邊加個逗號，(1) 和 (2) (3) 可以有區別；如果在「檢修」和「安裝」中間加個「和」字，(3) 也可以跟 (2) 分清。

(3) 關係不同，意義不同。(a)「煮餃子（吃）」和「（吃）煮餃子」，「煮餃子」三個字次序一樣，分段也一樣（都是「煮｜餃子」），然而意思不同。這是因為兩句話裏的「煮」和「餃子」的關係不同。(b)「他這個人誰都認得」，也許是他認得的人多，也許是認得他的人多。這當然不是一回事。(c)《人民日報》(1956.10.8) 上有一篇很有意思的短篇，標題是《爸爸要開刀》。看了正文才知道「爸爸」是醫生，不是病人。(d)「小馬沒有騎過人」曾經在語法研究者中間引起過討論。在我們這個世界裏只有人騎馬，沒有馬騎人，可是在童話世界裏人騎馬和馬騎人的兩種可能都是存在的。(e) 北京一條街上有個「女子理髮室」，男同志光看這五個字的招牌就不敢進去，幸而兩邊還各有四個字，是「男女理髮」和「式樣新穎」，這就可以放心進去了。

這樣看來，一句話裏邊，除了一個一個字的意義之外，還有語法意義，這是十真萬確的了。

當然還有變格、變位等等玩意兒，即所謂「形態」，以及與此有關的主語和謂語一致、定語和被定語一致、動詞或介詞規定賓語的形式等等「句法」規律（實際上，這些規律才

是變格、變位的「存在的理由」）。在某些語言裏，形態即使不是語法的一切，至少也是語法的根本。有了它，次序大可通融，分段也受到限制，哪個字跟哪個字有關係，是甚麼關係，也差不多扣死了。比如「我找你」這三個字，如果在它們頭上都紮個小辮兒，比如在「我」字頭上加個 a，表示這個「我」只許找人，不許人找，在「你」字頭上加個 b，表示這個「你」只許人找，不許找人，而且為保險起見，再在「找」字頭上加個 1，表示只是我「找」，不是別人「找」，那麼這三個字不管怎樣排列：

$$我^a 找^1 你^b \qquad 你^b 找^1 我^a \qquad 找^1 我^a 你^b$$

$$我^a 你^b 找^1 \qquad 你^b 我^a 找^1 \qquad 找^1 你^b 我^a$$

全都是一個意思。如果「你找我」這句話也如法炮製，那麼「我 b 找 2 你 a」的意思就跟「我 a 找 1 你 b」大不相同，反而跟「你 a 找 2 我 b」完全一樣。

這樣的語法當然也有它的巧妙之處，可是我們的老祖宗沒有走這條路，卻走上了另外一條路，一直傳到我們現在，基本上是一個方向。而且說老實話，我們說漢語的人還真不羨慕那種牽絲攀藤的語法，我們覺得到處紮上些小辮兒怪麻煩的，我們覺得光頭最舒服。可是啊，習慣於那種語法的人又會覺得漢

語的語法忒不可捉摸，忒不容易掌握。那麼，究竟哪種語法好些呢？這就很難說了。一方面，任何語言都必得有足夠的語法才能應付實際需要，無非是有的採取這種方式多點兒，那種方式少點兒，有的恰好相反罷了。因此，從原則上說，語法難分高下，正如右手使筷子的人不必看着「左撇子」不順眼。可是另一方面，在細節上還是可以比較比較。比如，同樣是有動詞變位的語法，英、法、德、俄語裏邊都有好些不規則的動詞，這就不如世界語，所有動詞都按一個格式變化。又比如，某些語言裏名詞變格是適應句法上的需要，可是附加在名詞上面的形容詞也跟着變格，不免是重複，是不經濟（像拉丁語那樣可以把名詞和形容詞分在兩處，那麼，形容詞的變格又就有必要了）。拿漢語的語法來說，經濟，這不成問題，是一個優點。簡易，那就不敢貿然肯定。從小就學會說漢語的人自然覺得簡易，可是常常能遇見外國朋友說漢語，有時候覺得他的語句彆扭，不該那麼說，該這麼說，可是說不出為甚麼不該那麼說，該這麼說。可見我們在許多問題上還只是知其當然而不知其所以然，有許多語法規則還沒有歸納出來，並且可能還不太容易歸納出來。這就似乎又不如那種以形態為主的語法，把所有的麻煩都擺在面子上，儘管門禁森嚴，可是進門之後行動倒比較自由了。

5 意內言外

字義約定俗成

「意內言外」這個題目是借用《說文解字》裏的一句話：「詞，意內而言外也。」這句話究竟該怎麼講，其說不一，不必詳細討論。我們只是借用這四個字做題目，談談語言和意義的關係。

前一章說過，一個句子的意思不等於這個句子裏一個個字的意思的總和。可是句子的意義離不開字的意義，這是用不着說的，現在就從字義談起。一個字為甚麼是這個意思，不是那個意思？換一種提法，為甚麼這個意思用這個字而不用那個字，例如為甚麼管某種動物叫「馬」，不管牠叫「牛」？回答只能是「不知道」，或者「大家都管牠叫馬麼，你還能管牠叫牛？」象聲性質的字，例如「澎湃、淅瀝、朦朧、欷歔」，它的意義跟它的聲音有聯繫，不容懷疑。有些字，如「大」和

「小」，「高」和「低」，是不是當初也有點兒用聲音象徵意義的味道（ㄚ對ㄧ，也就是「洪」對「細」），那就很難説了。就算是吧，這種字也不多。有些字不止一個意義，可以輾轉解釋。例如「書」有三個意義：(1) 書寫，(2) 書籍，(3) 書信，後兩個意義顯然是從第一個意義引申出來的，可是當初為甚麼管寫字叫「書」呢，回答仍然只能是「不知道」，或者「大家都這麼説麼」。這就是所謂「約定俗成」。二千多年以前的荀子就已經懂得這個道理，他説：「名無固宜，約之以命，約定俗成謂之宜，異於約則謂之不宜。」當然，「約之以命」不能死看，絕不是召集大家來開一個會，決定管一種動物叫「馬」，管另一種動物叫「牛」，而是在羣眾的語言實踐中自然形成的一致。

根據約定俗成的道理，字義形成之後就帶有強制性，可是字音和字義的最初結合卻是任意的，武斷的。單字意義的形成是任意的，字組意義的形成就不是完全任意的了。比如「白紙」、「新書」、「看報」、「寫字」，它們的意義是可以由「白」、「紙」等等單字的意義推導出來的。可是這裏也不是完全沒有約定俗成的成分。隨便説幾個例子：(1)「保」和「護」的意思差不多，可是只説「保墒、保健」和「護林、護航」，不能倒換過來説「護墒、護健、保林、保航」。(2)「預報」和

「預告」的意思是一樣的，可是廣播節目裏只有「天氣預報」，不說「天氣預告」，出版社的通告裏只有「新書預告」，不說「新書預報」。(3)「遠距離」和「長距離」的意思是一樣的，可是操縱是「遠距離操縱」，賽跑是「長距離賽跑」。(4)「赤」和「白」是兩種顏色，但是「赤手空拳」的「赤手」和「白手起家」的「白手」是同樣的意思，都等於「空手」。可是儘管意思一樣，不能倒換着說。(5)「火車」一度叫做「火輪車」，「輪船」一度叫做「火輪船」，後來都由三個字縮成兩個字，可是一個去「輪」留「火」，一個去「火」留「輪」。(6) 兩相對待的字眼合起來說，「大小、長短、遠近、厚薄」都是積極的字眼在前，消極的字眼在後，可是「輕重」是例外。「高低」屬於「大小」一類，但是「低昂」又屬於「輕重」一類。(7) 意思相近的字聯用，常常有固定的次序，例如「精、細、緻、密」四個字組成「精細、精緻、精密、細緻、細密、緻密」六個詞，每個詞的內部次序是固定的，不能改動 (更奇怪的是都按照「精、細、緻、密」的順序，沒一個例外)。地名聯用也常常是固定的，例如「冀魯、魯豫、蘇皖、江浙、閩廣、湘鄂、滇黔、川黔、川陝、陝甘」。(8) 意思相近的字聯用，常常因為排列的次序不同，意思也有分別，例如「生產」(工農業生產，生孩子) 和「產生」(一般事物)，「和平」(沒有戰爭或鬥爭) 和「平

和」（不劇烈），「查考」（弄清楚事實）和「考查」（按一定要求來檢查），「展開」和「開展」（使展開），「擔負」（動詞）和「負擔」（名詞），「羅網」（自投羅網）和「網羅」（網羅人才）。這些例子都説明字的組合也常常帶有約定俗成的性質，就是所謂「熟語性」。

字義和詞義輾轉相生

語言是發展的，字義和詞義輾轉相生，我們日常用到的字或詞十之八九都是多義的。説笑話的人常常利用一字多義來逗笑。舉幾個相聲裏邊的例子。(1)《歪講三字經》裏有兩句是「沉不沉，大火輪」，就是利用「沉」字的不同意義（沉重，沉沒）。(2)《字謎》裏邊一位演員出了一個字謎是「一竪，一邊兒一點」，讓另一位演員猜。你説是「小」，他就説是「卜」，你説是「卜」，他就説是「小」。這是利用「一邊兒」的不同意義（每一邊，只一邊）。(3)《全家福》裏邊甲演員問：「你和你哥哥誰大？」乙演員：「廢話！當然我哥哥比我大呀。」甲演員：「我哥哥就比我小，才齊我這兒。」這就是利用「大、小」的不同意義（論年紀，論個兒）。

就説「大、小」這兩個字吧，意思也夠複雜的。比如説，有「小哥哥」，年紀比我大，所以是哥哥，可是在幾個哥哥

裏他最小，所以又是小哥哥。又有「大兄弟」，那不是自己的兄弟，只是因為年紀比我小，只好叫他兄弟，可是他排行第一，或者不知道他行幾，只是要表示客氣，叫他大兄弟（「大叔、大嬸」也是一樣）。再比如說，「大李比小李大，可是兩個人都不大，都不到二十」，大李就成了又大又不大，前者是相對地說，後者是絕對地說。再還有，「一個大組分成三個小組」，這個「大、小」是就層次說；「第三組是個大組，第四組是個小組」，這個「大、小」又是就人數多寡說了。

再說幾個例子。（4）「有色人種」的「有色」，跟它對待的是白色；「有色金屬」的「有色」，跟它對待的是黑色（「黑色金屬」＝鐵）。（5）「你給我就要，問題是你給不給？」「你給我就要，問題是你不給。」按第一句說，只有「給不給」才成為問題，可是到了第二句，光是「不給」也成為問題了。（6）「他不會說話」。如果「他」是個小小孩兒，這句話的意思是他不會用一般言語表達自己的意思。如果「他」是個大人（不是啞巴），這句話的意思就是他不善於說話，以至於得罪了人甚麼的。（7）《三千里江山》裏說：「姚志蘭的好日子本來擇的明天。大家的好日子看看過不成時，誰有心思只圖個人眼前的歡樂？」這兩個「好日子」，一個是一般的意義，一個專指結婚的日子。（8）《六十年的變遷》裏季交恕問方維夏：「你

知道這個消息嗎？」方維夏：「甚麼消息？」季交恕：「蔣介石開刀啦！」方維夏：「甚麼病開刀？」季交恕：「你還睡覺！殺人！……」我們前回曾經用「爸爸要開刀」做主動被動兩可的例子，這裏的「開刀」除主動被動的分別外，還有動手術和殺人的分別。

有些字眼，正反兩種説法的意思是一樣的。(1)「好熱鬧」和「好不熱鬧」都是很熱鬧的意思，「好容易」和「好不容易」都是很不容易的意思。(2)「差點兒忘了」和「差點兒沒忘了」是一個意思，都是幾乎忘了，可還是想起了。(3)「小心撒了」和「小心別撒了」也是一個意思，都是叫你別撒了。(4)「除非你告訴他，他不會知道」和「除非你告訴他，他才會知道」是一個意思。第一句的「除非你告訴他」可以改成「如果你不告訴他」，第二句不能這樣改。(5)「難免要引起糾紛」，「不免要引起糾紛」，「難免不引起糾紛」，全都説的是有引起糾紛的可能。(6)「我懷疑他會不會已經知道」是説不知道他知道不知道（但是希望他不知道）。「我懷疑他會不知道」等於説我不相信他會不知道（儘管據他自己説或是照你估計他是不知道的）。「我懷疑他已經知道了」可就又等於説我估計他已經知道了。這些例子都涉及否定和疑問。一碰上這些概念，許多語言裏都會鬧糾紛，會出現似乎矛盾的説法。例如雙重

否定應該等於肯定，可是有些語言裏連用兩個否定的字眼，意思還是否定的。俄語「Он ничего не сказал」，一個個字翻出來是「他沒有甚麼不說了」，可是意思是「他甚麼也沒說」。法語也是一樣，「Il n'a rien dit」，照單字分別講是「他沒沒有甚麼說」，意思可是「他甚麼也沒說」。法語在含有懷疑、否認、擔心、避免等等意思的動詞後面的副句裏常常加上一個「不」字，用漢語說都得去掉。例如「Je crains qu'il ne vienne」是「我怕他會來」，「Je ne doute pas qu'il ne vienne」是「我毫不懷疑他會來」，這兩句裏的 ne 在說漢語的人看來都是多餘的。還有，法語可以說「avant qu'il ne parte」或者「avant qu'il parte」，這倒是跟漢語一樣，「在他沒離開以前」和「在他離開以前」是一個意思。

上一章我們說過些例子，同樣幾個字的一句話，因為語法關係不同，意思就不一樣。其實同一種語法關係，包含的意思也是種種不一的。比如同樣是修飾或限制關係，「布鞋」是用布做的鞋，「鞋面布」是用來做鞋面的布；「蜜蜂」是釀蜜的蜂，「蜂蜜」是蜂釀的蜜。同樣是「馬」字當頭，「馬車」是馬拉的車，「馬路」是車馬通行的路，「馬隊」是騎兵的隊伍，「馬刀」是騎兵用的刀，「馬褂」原先是騎馬時穿的短外套，「馬褥子」是騎馬用的墊子，「馬鞭子」是趕馬用的鞭子，「馬料」是

餵馬的草料,「馬夫」原來是管馬的人,「馬醫」是給馬治病的人,「馬戲」原來是在馬上表演的雜技(現在連老虎、獅子等等的表演都包括進去了),「馬面」指人的臉長得特別長(「牛頭馬面」是真的馬臉),「馬桶」的得名說法不一,原先大概是象形。

同樣是中間加一個「的」字,「我的筆」我可以送給人,「我的年紀」年年不同,「我的名字」既不能送給人,也不能隨時改變。甚至同樣幾個字可以有兩種意思:「我的書」可以是我買的,也可以是我寫的;「你的信」可以是你寄給人的,也可以是人寄給你的;「他的照片」可以是把他照在裏邊的,也可以是他收藏的;「我的牌是新買的」,這副牌永遠是我的,除非我把它送給人,「這回我的牌可好了」,這副牌幾分鐘之後就不存在了;「跑碼頭的專家」可以是對坐在家裏的專家而言,也可以指一個先進的採購員。有人說「學習雷鋒的好榜樣」有語病,因為學習的是雷鋒本人。這是知其一而不知其二,「雷鋒的好榜樣」完全可以理解為「雷鋒這個好榜樣」。

動詞和賓語的關係更加是多種多樣,有的得用許多話才說得清楚。同一個「跑」字,「跑街、跑碼頭、跑江湖、跑天津」是說在哪些地方跑來跑去,「跑買賣」是為甚麼目的而跑,「跑警報」是為甚麼原因而跑,「跑單幫、跑龍套」是以甚

麼身份而跑，「跑馬」是讓馬為自己服務，「跑腿」是自己為別人服務，「跑電、跑水」是攔不住某種東西跑掉，「跑肚」是攔不住肚子裏的東西跑掉。一般常說賓語代表動作的對象，那麼上面例子裏的名詞都不能算做賓語，可是不算賓語又算甚麼呢？動詞和賓語的關係確實是說不完的，這裏不能一一列舉，只說幾個難於歸類的例子：「報幕」、「謝幕」、「等門」、「叫門」、「跳傘」、「衝鋒」、「鬧賊」、「賴學」、「偷嘴」——這裏的動作和事物之間是甚麼關係，您說？漢語裏能在動詞後面加個甚麼名詞是異常靈活的，有了上下文常常可以出現意想不到的組合：例如「何況如今窮也不是窮你一家」（高玉寶），「這些人認為所有的配角都是『零碎』，一齣戲就應當唱他一個人」（蕭長華）。

跟修飾關係一樣，同一動詞加同一賓語還是可以有兩種意義。教師說「我去上課」是去講課，學生說「我去上課」是去聽課；大夫說「我去看病」是給人看病，病人說「我去看病」是讓人給他看病。

這些例子可以說明語言實踐中的經濟原則：能用三個字表示的意思不用五個字，一句話能了事的時候不說兩句。比如「謝幕」，要把其中的意思說清楚還真不簡單：「閉幕之後，觀眾鼓掌，幕又拉開，演員致謝」——這不太囉嗦了點兒嗎？

當然，經濟原則在不同的語言裏的體現是不可能完全相同的。比如漢語裏說「你見着他了沒有？見着了」，英語說「Did you see him? Yes, I did.」漢語的回答必須重複問話裏的動詞，英語可以用 did 這個單音助動詞來代替；英語 did 前邊必得說出主語，漢語「見着了」前邊不必說「我」；英語要在前面來個 yes，漢語不要。總的說來，漢語是比較經濟的。尤其在表示動作和事物的關係上，幾乎全賴「意會」，不靠「言傳」。漢語裏真正的介詞沒有幾個，解釋就在這裏。

甚麼是「意義」？

談語言和意義，談來談去，有個重要問題還沒有談到：究竟甚麼是「意義」？這個問題很不容易談好，可是談還是得試着談談。如果說「意義」是外界事物——包括各種物件，它們的特徵和變化，它們的相互關係，以及這一切和說話的人的關係——在人的腦子裏的反映，而這「意義」必須通過語言才能明確起來，這大概可以代表多數人的意見。問題在於「意義」依賴語言到甚麼程度。有一種意見認為沒有語言就沒有「意義」，這顯然是言過其實。只要看幾個月的嬰兒，不會說話，可是「懂事兒」，也就是說，外界的某些事物在他腦子裏是有意義的。又比如人們點點頭，招招手，也都可以傳

達一定的意義。可見不是離開語言就沒有「意義」。可是如果說，某種語言裏沒有這個詞，使用這種語言的人的腦子裏就缺少與此相應的概念，這就有幾分道理。比如漢語裏的「伯伯、叔叔、舅舅、姑夫、姨夫」在英語裏都叫做「uncle」（俄語「дядя」），是不是說英語的人的腦子裏就沒有「父親的哥哥、父親的弟弟、母親的弟兄、姑媽的丈夫、姨媽的丈夫」這些意義呢？當然不是這樣。可是他們首先想到的是這些人都是 uncle，只是在必要的時候才加以分辨。這就是說，只有與 uncle 相應的概念是鮮明的，而與「伯伯」等相應的概念是模糊的。反過來說，說漢語的人首先想到的是「伯伯」等等，這些概念是鮮明的，而「男性的長一輩的親屬」這樣的概念是模糊的，是要費點勁才能形成的。對於外界事物，不同的語言常常做出不同的概括。我們總覺得外國話「古怪」，「彆扭」，就是這個原故。

語言不可避免地要有概括作用或抽象作用。外界事物呈現無窮的細節，都可以反映到人的腦子裏來，可是語言沒法兒絲毫不漏地把它們全部表現出來，不可能不保留一部分，放棄一部分。比如現實世界的蘋果有種種大小，種種顏色，種種形狀，種種口味，語言裏的「蘋果」卻只能概括所有蘋果的共同屬性，放棄各個蘋果的特殊屬性。概括之中還有概

括，「水果」比「蘋果」更概括，「食品」比「水果」更概括，「東西」比「食品」更概括。每一種語言都有一些這樣高度概括的字眼，如「東西、事情、玩意兒、做、幹、搞」等等。

單詞是這樣，語句也是這樣。比如「布鞋」，這裏不光有「布」的意義，「鞋」的意義，這是字本身的意義；還有「是一種鞋而不是一種布」的意義，這是靠字序這種語法手段來表示的意義；還有「用……做成的……」的意義，這是在概括的過程中被放棄了的那部分意義。像「謝幕」那樣的字眼，就放棄了很多東西，只抓住兩點，「謝」和「幕」。說是「放棄」，並不是不要，而是不明白說出來，只隱含在裏邊。比如「蘋果」，並不指一種無一定大小、顏色、形狀、口味的東西；同樣，「布鞋」、「謝幕」也都隱含着某些不見於字面的意義。語言的表達意義，一部分是顯示，一部分是暗示，有點兒像打仗，佔據一點，控制一片。

暗示的意義，正因為只是暗示，所以有可能被推翻。比如說到某一位作家，我說「我看過他三本小說」，暗含着是看完的，可要是接着說，「都沒有看完」，前一句暗示的意義就被推翻了。一位菜市場的售貨員說過一個故事。「有一天，一位顧客來買辣椒，她問：『辣椒辣不辣？』我說：『辣，買點兒吧。』她說：『哎喲！我可不敢吃。』後來又來了一位顧客，

問我辣不辣。我一看她指的是柿子椒，就説：『這是柿子椒，不辣，您買點兒吧。』她説：『辣椒不辣有甚麼吃頭！』説完走了。」這是聽話人誤會説話人的意思，也就是錯誤地認為對方有某種暗示的意義。

從前有個笑話：有個富翁，左鄰是銅匠，右鄰是鐵匠，成天價叮叮咚咚吵得厲害。富翁備了一桌酒席，請他們搬家，他們都答應了。趕到兩家都搬過之後，叮叮咚咚還是照舊，原來是左邊的搬到了右邊，右邊的搬到了左邊。富翁所説的「搬家」暗含着搬到一定距離之外的意思，可是照字面講，只要把住處挪動一下就是搬家，兩位高鄰並沒有失信。

歐陽修的《歸田錄》裏記着一個故事。五代時候，兩位宰相馮道跟和凝有一天在公事房相遇。和凝問馮道：「您的靴是新買的，甚麼價錢？」馮道抬起左腳説：「九百錢。」和凝是個急性子，馬上回過頭來責問當差的：「怎麼我的靴花了一千八百？」訓斥了半天，馮道慢慢地抬起右腳，説：「這一隻也是九百錢。」這一下引起哄堂大笑。

暗示的意義甚至能完全脱離顯示的意義。比如「誰知道」，有時候是照字面講（「誰知道？請舉手」），有時候卻等於「我不知道」（「你説他會不會同意？」「誰知道！」）。修辭學上所説「比喻」、「借代」、「反語」等等，都是這種「言在

此而意在彼」的例子。就因為暗示的意義不太牢靠，所以法令章程所用的語言盡量依靠顯示，盡量減少暗示，防備壞人鑽空子。與此相反，詩的語言比一般語言更多地依賴暗示，更講究簡練和含蓄。

有時候暗示的意義可以跟顯示的意義不一致而同時並存——一般是分別說給同時在場的兩個人聽的，——這就是所謂一語雙關。《蘆蕩火種》第九場刁德一審問沙奶奶，叫阿慶嫂去勸她供出新四軍傷病員轉移的地址。阿慶嫂對沙奶奶說：「你說呀。一說出來，不就甚麼都完了嗎？」這裏的「甚麼」，在刁德一聽來，指的是沙奶奶如果不說就要面臨的災難；在沙奶奶聽來，指的是傷病員的安全（後來改編成《沙家浜》時，這一段刪去了）。

以上講的都還是語言本身的意義。我們說話的時候還常常有這種情形：有一部分意義是由語言傳達的，還有一部分意義是由環境補充的。比如聽見隔壁屋子裏有人說「刀！」，你就不知道這句話是甚麼意思——「這是刀」，或者「刀找着了」，或者「拿刀來」，或者「給你刀」，或者「小心刀」，或者別的甚麼。前面講過的「我的書」，「你的信」，「我去上課」，「我去看病」等等，本身有歧義，只有環境能夠決定它是甚麼意思。

語言和環境的關係還有另外的一面，那就是，二者必須協調，否則會產生可笑的效果。比如你跟人打牌，人家誇你打得好，你說，「打不好，瞎打」，這是客氣。可是如果像相聲裏邊那位打呼嚕特別厲害的朋友對同屋的人說，「打不好，瞎打」，那就叫人啼笑皆非了。有一位華僑回國之後學會了一些寒暄的話，有一天送客到門口，連聲說，「留步，留步」，弄得客人只好忍着笑嗯啊哈地走了。

語言的地面上坎坷不平

總之，在人們的語言活動中出現的意義是很複雜的。有語言本身的意義，有環境給予語言的意義；在語言本身的意義之中，有字句顯示的意義，有字句暗示的意義；在字句顯示的意義之中，有單字、單詞的意義，有語法結構的意義。這種種情況從前人也都知道，所以才有「言不盡意」，「意在言外」，「求之於字裏行間」這些個話。

從這裏我們可以得到甚麼教訓呢？是不是可以說：語言的確是一種奇妙的、神通廣大的工具，可又是一種不保險的工具。聽話的人的了解和說話的人的意思不完全相符，甚至完全不相符的情形是常常會發生的。語言的地面上是坎坷不平的，「過往行人，小心在意」。說話的人，尤其是寫文章的

人，要處處為聽者和讀者着想，竭力把話說清楚，不要等人家反覆推敲。在聽者和讀者這方面呢，那就要用心體會，不望文生義，不斷章取義，不以辭害意。歸根到底，作為人們交際工具的語言，它的效率如何，多一半還是在於使用的人。

6 古今言殊

語言也在變

世界上萬事萬物都永遠在那兒運動、變化、發展，語言也是這樣。語言的變化，短時間內不容易覺察，日子長了就顯出來了。比如宋朝的朱熹，他曾經給《論語》做過注解，可是假如當孔子正在跟顏回、子路他們談話的時候，朱熹闖了進去，管保他們在講甚麼，他是一句也聽不懂的。不光是古代的話後世的人聽不懂，同一種語言在不同的地方經歷着不同的變化，久而久之也會這個地方的人聽不懂那個地方的話，形成許許多多方言。這種語言變異的現象，人人都有經驗，漢朝的哲學家王充把它總結成兩句話，叫做「古今言殊，四方談異」。這正好用來做我們《常談》的題目，這一次談「古今言殊」，下一次談「四方談異」。

古代人說的話是無法聽見的了，幸而留傳下來一些古

代的文字。文字雖然不是語言的如實記錄，但是它必得拿語言做基礎，其中有些是離語言不太遠的，通過這些我們可以對古代語言獲得一定的認識。為了具體說明古代和現代漢語的差別，最好拿一段古代作品來看看。下面是大家都很熟悉的、《戰國策》裏的《鄒忌諷齊王納諫》這一篇的頭上一段：

> 鄒忌修八尺有餘，而形貌昳麗。朝服衣冠，窺鏡，謂其妻曰：「我孰與城北徐公美？」其妻曰：「君美甚，徐公何能及君也？」城北徐公，齊國之美麗者也。忌不自信……旦日，客從外來，與坐談，問之：「吾與徐公孰美？」客曰：「徐公不若君之美也。」

把這一段用現代話來說一遍，就會發現有很大的差別。不能光看字形。光看字形，現代不用的字只有四個：昳〔yì ㄧˋ〕、曰、孰、吾。可是聯繫字的意義和用法來看，真正古今一致的，除人名、地名外，也只有十二個字：八、我、能、城、國、不、客、從、來、坐、談、問。大多數的字，不是意義有所不同，就是用法有些兩樣。大致說來，有三種情形。

第一種情形是意義沒有改變，但是現在不能單用，只能作為複音詞或者成語的一個成分。有的構詞的能力還比較強，如：形、貌、衣、鏡、北、何、自、信、日、外；有的

只在極少數詞語裏出現，如：麗（美麗、壯麗）、朝（朝霞、朝氣、朝發夕至）、窺（窺探、窺測）、妻（夫妻、妻子）、甚（欺人太甚）。

第二種情形是意義沒有改變，可是使用受很大限制。例如：作為連詞的「而」、「與」，只見於一定的文體；表示從屬關係的「之」只用於「百分之幾」、「原因之一」等等；起指代作用的「者」只用於「作者、讀者」等等；「美」現在不大用於人，尤其不用於男人（「美男子」口語不說，也不能拆開）；「有餘」現在能懂，但不大用，「八尺有餘」現在說「八尺多」。

第三種情形是這裏所用的意義現代已經不用，儘管別的意義還用。例如：修（長）、服（穿、戴）、謂（對……說）、其（他的；「其餘、其中、其一」裏的「其」是「那」的意思）、公（尊稱）、及（比得上）、君（尊稱）、也（助詞；現代的「啊」只部分地與「也」相當）、旦（「旦日」，明日，這裏作次日講）、之（他）、若（比得上）。還有一個「尺」字，似乎應該屬於古今通用的一類，可是這裏說鄒忌身長八尺有餘，顯然比現在的尺小，嚴格說，「尺」的意義也已經改變了（漢朝的一尺大約合現在七寸半，這裏的尺大概跟漢朝的差不多）。

在語法方面，也有不少差別。例如「我孰與城北徐公美？」就是古代特有的句法，底下「吾與徐公孰美？」才跟現

代句法相同。「君美甚」現在説「漂亮得很」，當中必須用個「得」字。「忌不自信」也是古代的句法，現代的説法是「鄒忌不相信自己（比徐公美）」，不能把「自己」擱在動詞前邊，擱在前邊就是「親自」的意思（如「自己動手」），不是動作對象的意思（「自救、自治、自殺」等，是古代句法結構遺留在現代語裏的合成詞）。「客從外來」現在説「有一位客人從外邊來」，「客人」前邊得加個「一位」，頭裏還要來個「有」字，否則就得改變詞序，説成「從外邊來了一位客人」。「與坐談」也是古代語法，現在不能光説「和」，不説出和誰，也不能愣説「坐談」，得説成「坐下來説話」。「不若君之美」的「之」字，按照現代語法也是多餘的。

這短短的一段古代的文字，大多數的字都是現在還用的，可是仔細一分析，跟現代漢語的差別就有這麼大。

語彙的變化

語言的變化涉及語音、語法、語彙三方面。語彙聯繫人們的生活最為緊密，因而變化也最快，最顯著。❶ 有些字眼兒隨着舊事物、舊概念的消失而消失。例如《詩經·魯頌》的

---

❶ 關於語彙和詞義的變遷，請參看王力《漢語史稿》下冊，本文所引例子有一部分是從那裏轉引的。

《駉》[jiōng ㄐㄩㄥ]這一首詩裏提到馬的名稱就有十六種：「騟」（yù ㄩˋ，身子黑而胯下白的），「皇」（黃白相間的），「驪」（lí ㄌㄧˊ，純黑色的），「黃」（黃而雜紅的），「騅」（zhuī ㄓㄨㄟ，青白雜的），「駓」（pī ㄆㄧ，黃白雜的），「騂」（xīng ㄒㄧㄥ，紅黃色的），「騏」（qí ㄑㄧˊ，青黑成紋像棋道的），「驒」（tuó ㄊㄨㄛˊ，青黑色而有斑像魚鱗的），「駱」（luò ㄌㄨㄛˋ，白馬黑鬃），「騮」（liú ㄌㄧㄡˊ，紅馬黑鬃），「雒」（luò ㄌㄨㄛˋ，黑馬白鬃），「駰」（yīn ㄧㄣ，灰色有雜毛的），「騢」（xiá ㄒㄧㄚˊ，紅白雜毛的），「驔」（tǎn ㄊㄢˇ，小腿長白毛的），「魚」（兩眼旁邊毛色白的）。全部《詩經》裏的馬的名稱還有好些，再加上別的書裏的，名堂就更多了。這是因為馬在古代人的生活裏佔重要位置，特別是那些貴族很講究養馬。這些字絕大多數後來都不用了。別說詩經時代，清朝末年離現在才幾十年，翻開那時候的小說像《官場現形記》之類來看看，已經有很多詞語非加注不可了。

有些字眼隨着新事物、新概念的出現而出現。古代席地而坐，沒有專門供人坐的家具，後來生活方式改變了，坐具產生了，「椅子」、「凳子」等字眼也就產生了。椅子有靠背，最初就用「倚」字，後來才寫做「椅」。凳子最初借用「橙」字，後來才寫做「凳」。桌子也是後來才有的，古代只有「几」、

「案」，都是很矮的，適應席地而坐的習慣，後來坐高了，几案也不得不加高，於是有了新的名稱，最初就叫「卓子」（「卓」是高而直立的意思），後來才把「卓」寫做「桌」。

外來的事物帶來了外來語。雖然漢語對於外來語以意譯為主，音譯詞（包括部分譯音的）比重較小，但是數目也還是可觀的。比較早的有葡萄、苜蓿、茉莉、蘋果、菠菜等等，近代的像咖啡、可可、檸檬、雪茄、巧克力、冰淇淋、白蘭地、啤酒、卡片、沙發、撲克、嗶嘰、尼龍、法蘭絨、道林紙、芭蕾舞等等，都是極常見的。由現代科學和技術帶來的外來語就更多了，像化學元素的名稱就有一大半是譯音的新造字，此外像摩托車、馬達、引擎、水泵、卡車、吉普車、拖拉機、雷達、愛克斯光、淋巴、阿米巴、休克、奎寧、嗎啡、尼古丁、凡士林、來蘇爾、滴滴涕、邏輯、米（米突）、克（克蘭姆）、噸、瓦（瓦特）、卡（卡路里）等等，都已經進入一般語彙了。

隨着社會的發展，生活的改變，許多字眼的意義也起了變化。比如有了桌子之後，「几」就只用於「茶几」，連炕上擺的跟古代的「几」十分相似的東西也叫做「炕桌兒」，不叫做「几」了。又如「床」，古代本是坐臥兩用的，所以最早的坐具，類似現在的馬扎的東西，叫做「胡床」，後來演變成了椅

子，床就只指專供睡覺用的家具了。連「坐」字的意義，古代和現代也不完全一樣：古代席地而坐，兩膝着席，跟跪差不多，所以《戰國策》裏說伍子胥「坐行蒲服，乞食於吳市」，坐行就是膝行（蒲服即匍匐）；要是按現代的坐的姿勢來理解，又是坐着又是走，那是絕對不可能的。❶

再舉兩個名稱不變而實質已變的例子。「鐘」本是古代的樂器，後來一早一晚用鐘和鼓報時，到了西洋的時鐘傳入中國，因為它是按時敲打的，儘管形狀不同，也管它叫鐘，慢慢地時鐘不再敲打了，可是鐘的名稱不變，這就跟古代的樂器全不相干了。「肥皂」的名稱出於皂角樹，從前把它的莢果搗爛搓成丸子，用來洗臉洗澡洗衣服，現在用的肥皂是用油脂和鹼製成的，跟皂角樹無關。肥皂在北方又叫「胰子」，胰子原來也是一種化妝用品，是用豬的胰臟製成的，現在也是名同實異了。

也有一些字眼的意義變化或者事物的名稱改變，跟人們的生活不一定有多大關係。比如「江」原來專指長江，「河」原來專指黃河，後來都由專名變成通名了。又如「菜」，原來只

---

❶ 前面把「坐」算在意義古今一致的字裏邊，這裏又說它的意義現代和古代也不完全一樣，這需要說明。「坐」作為身體的一種狀態，區別於「立」、「臥」等等，古今一致。但「坐」的方式或姿勢則古今不同。字義方面這種情形是常見的，例如「書」，古今的樣式不同，但作為供人閱讀的文字記載是古今一致的。

指蔬菜，後來連肉類也包括進去，到菜市場買菜或者在飯店裏叫菜，都是葷素全在內。這都是詞義擴大的例子。跟「菜」相反，「肉」原來指禽獸的肉，現在在大多數地區如果不加限制詞就專指豬肉，這是詞義縮小的例子（「肉」最初不用於人體，後來也用了，在這方面是詞義擴大了）。「穀」原來是穀類的總名，現在北方的「穀子」專指小米，南方的「穀子」專指稻子，這也是詞義縮小的例子。

詞義也可以轉移。比如「涕」，原來指眼淚，《莊子》裏說：「哭泣無涕，中心不戚」。可是到漢朝已經指鼻涕了，王褒《僮約》裏說：「目淚下，鼻涕長一尺」。又如「信」，古代只指送信的人，現在的信古代叫「書」，《世說新語》：「俄而謝玄淮上信至，〔謝安〕看書竟，默然無言」，「信」和「書」的分別是很清楚的。後來「信」由音信的意思轉指書信，而信使的意思必得和「使」字連用，單用就沒有這個意思了。

詞義也會弱化。比如「很」，原來就是兇狠的「狠」，表示程度很高，可是現在已經一點也不狠了，例如「今天很冷」不一定比「今天冷」更冷些，除非「很」字說得特別重。又如「普遍」，本來是無例外的意思，可是現在常聽見說「很普遍」，也就是說例外不多，並不是毫無例外。

如果我們換一個角度來看事物怎樣改變了名稱，那麼首

先引起我們注意的是，像前邊分析《戰國策》那一段文字的時候已經講過的，很多古代的單音詞現代都多音化了。這裏再舉幾個人體方面的例子：「耳」成了「耳朵」，「眉」成了「眉毛」，「鼻」成了「鼻子」，「髮」成了「頭髮」。有的是一個單音詞換了另外一個單音詞，例如「首」變成「頭」（原來同義），「口」變成「嘴」（原來指鳥類的嘴），「面」變成「臉」（原來指頰），「足」變成「腳」（原來指小腿）。有些方言裏管頭叫「腦袋、腦殼」，管嘴叫「嘴巴」，管臉叫「面孔」，管腳叫「腳板、腳丫子」，這又是多音化了。

動詞的例子：古代說「食」，現代說「吃」；古代說「服」或「衣」，現代說「穿」；古代說「居」，現代說「住」；古代說「行」，現代說「走」。形容詞的例子：古代的「善」，現代叫「好」；古代的「惡」，現代叫「壞」；古代的「甘」，現代叫「甜」；古代的「辛」，現代叫「辣」。

字眼的變換有時候是由於忌諱：或者因為恐懼、厭惡，或者因為覺得說出來難聽。管老虎叫「大蟲」，管蛇叫「長蟲」，管老鼠叫「老蟲」或「耗子」，是前者的例子。後者的例子如「大便、小便」，「解手」，「出恭」（明朝考場裏防止考生隨便進出，凡是上廁所的都要領塊小牌子，牌子上寫着「出恭入敬」）。

語法、語音的變化

語法方面，有些古代特有的語序，像「吾誰欺？」「不我知」，「夜以繼日」，現代不用了。有些現代常用的格式，像「把書看完」這種「把」字式，「看得仔細」這種「得」字式，是古代沒有的。可是總起來看，如果把虛詞除外，古今語法的變化不如語彙的變化那麼大。

語音，因為漢字不是標音為主，光看文字看不出古今的變化。現代的人可以用現代字音來讀古代的書，這就掩蓋了語音變化的真相。其實古今的差別是很大的，從幾件事情上可以看出來。第一，舊詩都是押韻的，可是有許多詩現在唸起來不押韻了。例如白居易的詩：「離離原上草，一歲一枯榮 [róng ㄖㄨㄥˊ]。野火燒不盡，春風吹又生 [shēng ㄕㄥ]。遠芳侵古道，晴翠接荒城 [chéng ㄔㄥˊ]。又送王孫去，萋萋滿別情 [qíng ㄑㄧㄥˊ]。」這還是唐朝的詩，比這更早一千多年的《詩經》裏的用韻跟現代的差別就更大了。其次，舊詩裏邊的「近體詩」非常講究詩句內部的平仄，可是許多詩句按現代音來讀是「平仄不調」的。例如李白的詩：「青山橫北郭，白水繞東城。此地一為別，孤蓬萬里征……」，「郭」、「白」、「一」、「別」四個字原來都是入聲，歸入仄聲，可是現在「郭」、「一」

是陰平，「白」、「別」是陽平，於是這四句詩就成為「平平平仄平，平仄仄平平，仄仄平平仄，平平仄仄平」了。又其次，漢字的造字法裏用得最多的是形聲法，常常是甲字從乙字得聲，可是有許多這樣的字按現代的讀音來看不可理解的。例如「江」從「工」得聲，「潘」從「番」得聲，「泣」從「立」得聲，「提」從「是」得聲，「通」從「甬」[yǒng ㄩㄥˇ] 得聲，「路」從「各」得聲，「龐」從「龍」得聲，「移」從「多」得聲，「諒」從「京」得聲，「悔」從「每」得聲，等等。從上面這些事例看來，漢字的讀音，無論是聲母、韻母、聲調，都已經有了很大的變化了。

從文言到白話

語言在不斷地變化，文字自然也得跟着變化，可是事實上文字的變化總是落後於語言，而且二者的距離常常有越拉越大的傾向。這主要有兩個原因。第一，人們學習文字是對着書本學的，——就是用拼音文字的民族，也不是讓兒童學會了幾十個字母和一套拼音規則就了結，也還是要「唸書」的，——書上有的字，口語裏不用了，也得學；口語裏有的字，書上沒有，就學不到。尤其是因為唸的書往往是些經典，宗教的、歷史的和文學的經典，它們的權威給文字以極

大影響，使它趨於保守。第二個也許是更重要的原因是，文字是讀書識字的人——在古代主要是統治階級——的交際工具，這種人在人口中佔極少數，只要這些人可以彼此了解就行了，不識字的人民羣衆懂不懂是不考慮的，跟他們有關係的事兒可以講給他們聽。由於這兩個原因，歷史上曾經多次出現過脫離口語的書面語，像歐洲中世紀的拉丁文，印度中世紀的梵文，都是顯著的例子。

在中國，除了這些原因，還有漢字起着推波助瀾的作用。漢語演變的主要趨勢是語詞多音化，而漢字不表音，便於用一個字來代表一個複音詞，比如嘴裏說「眉毛和頭髮」，筆底下寫「眉髮」，既省事，又「古雅」，一舉兩得。而況口語裏有些字究竟該怎麼寫，也煞費躊躇，雖然歷代不斷出現新造的字（而且各寫各的，以致異體氾濫），到現在仍然有許多口語裏的字寫不出來或者沒有一定的寫法。同時，漢字的難學使中國的讀書識字的人數經常維持很小的比率，而既讀書識字則了解傳統的文字又比用拼音文字的民族容易，社會上對於語體文字的需要就不那麼迫切，因而造成長期使用所謂「文言」的局面。

跟文言對待的是所謂「白話」。白話最初只在通俗文學裏使用，直到「五四」以後才逐步取代文言，成為唯一通用的書

面漢語。這是大概的說法，不免有點簡單化。一方面，口語不斷衝擊書面語，使文言的面貌起變化；另一方面，白話在最初還不能完全擺脫文言的影響，而在它成為通用的書面語之後，更不能不從文言吸收許多有用的成分。

上古時代的文字可以拿《書經》做例子：

> 先王有服，恪遵天命，茲猶不常寧；不常厥邑，於今五邦。今不承於古，罔知天之斷命，矧曰其克從先王之烈！若顛木之有由蘖，天其永我命於茲新邑，紹復先王之大業，底綏四方。❶

這在當時應該是接近口語的語體文，不過跟後世的口語差別很大，就被認為是古奧的文言了。

像本文頭上引的那一段《戰國策》可以代表周朝末年的一般文字，大概跟當時的語言也還相去不遠。漢魏以後的文字多數沿襲先秦的語彙、語法，跟語言的距離越來越大。但是也有多少接受口語影響的文章，像陶淵明的《桃花源記》就是

---

❶ 這是《盤庚》上篇裏的一段，有顧頡剛先生的譯文：「先王的規矩，總是敬順天命，因此他們不敢老住在一個地方，從立國到現在已經遷徙了五次了。現在若不依照先王的例，那是你們還沒有知道上天的命令要棄去這個舊邑，怎說得到繼續先王的功業呢！倒仆的樹木可以發出新芽。上天要我們遷到這個新邑中來，原是要把我們的生命盛長在這裏，從此繼續先王的偉大的功業，把四方都安定呢！」

一個例子。

南齊的文人任昉有一篇彈劾劉整的奏疏，本文是工整的「駢文」（比一般「古文」更多雕琢），裏邊引述有關的訴狀和供詞卻是語體。選錄一部分如下：

> 臣聞：馬援奉嫂，不冠不入；氾 [fàn ㄈㄢˋ] 毓字孤，家無常子。是以義士節夫，聞之有立。千載美談，斯為稱首。……謹案齊故西陽內史劉寅妻范，詣台訴，列稱：……叔郎整常欲傷害侵奪。……寅第二庶息師利去歲十月往整田上，經十二日，整便責范米六斗哺食。米未展送，忽至戶前，隔箔攘拳大罵。突進房中屏風上取車帷準米去。二月九日夜，〔整〕婢采音偷車欄、夾杖、龍牽，范問失物之意，整便打息逡。整及母並奴婢等六人，來至范屋中，高聲大罵，婢采音舉手查范臂。……臣謹案：新除中軍參軍臣劉整，閭閻闒茸 [tà-róng ㄊㄚˋ ㄖㄨㄥˊ]，名教所絕。直以前代外戚，仕因紈絝，惡積釁稔 [rěn ㄖㄣˇ]，親舊側目。……

這一段引文的中間部分和前後兩部分形成顯明的對照。訴狀供詞，輕則關乎一場官司的勝敗，重則牽連到一個人或是許多人的性命，人家怎麼說，你就得怎麼記，自古以來都是

如此。

寫信是代替面談的，所以一般書信（即除了「上書」之類）總是比較樸素，不能離開口語太遠。陸機、陸雲兩弟兄是晉朝的有名的文人，陸雲寫給哥哥的信是這樣的：

> ……四言五言非所長，頗能作賦（「頗」是稍微的意思），為欲作十篇許小者為一分。……欲更定之，而了不可以思慮。今自好醜不可視，想冬下體中佳能定之耳。兄文章已自行天下，多少無所在。且用思困人，亦不事復及以此自勞役。閒居恐復不能不願，❶當自消息。

宗教是以羣眾為對象的，所以佛經的文字也包含較多的口語成分。引《百喻經》裏的一個故事做例子：

> 昔有愚人，至於他家。主人與食，嫌淡無味。主人聞已，更為益鹽。既得鹽美，便自念言：「所以美者，緣有鹽故。少有尚爾，況復多也？」愚人無智，便食空鹽。食已口爽（「爽」是傷、敗的意思），返其為患。

白話的興起跟佛教大有關係。佛經裏邊有很多故事，和

---

❶ 「願」字疑誤。

尚講經常常利用這些故事，加鹽添醋，像說書似的，很受羣衆歡迎。後來擴大範圍，佛經以外的故事也拿來説。《敦煌變文集》裏還保存着好多這樣的故事記錄，引一段做例子：

> 青提夫人聞語，良久思惟，報言：「獄主，我無兒子出家，不是莫錯？」獄主聞語卻迴，行至高樓，報言：「和尚，緣有何事，詐認獄中罪人是阿娘？緣沒事譫語？」（「沒」就是「甚麼」）目連聞語，悲泣雨淚，啟言：「獄主……貧道小時名羅卜，父母亡沒已後，投佛出家……獄主莫嗔，更問一迴去。」

除此之外，禪宗的和尚講究用言語啟發，這些問答的話，聽的人非常重視，照實記下來，流傳成為「語錄」。後來宋朝的理學家學他們的樣兒，也留下來許多語錄。這些語錄是很接近口語的，也引一段為例：

> 諸和尚子……莫空游州打縣，只欲捉搦閒話。待和尚口動，便問禪問道……到處火爐邊，三個五個聚頭，口喃喃舉。更道遮個是公才悟，遮個是從裏道出，遮個是就事上道，遮個是體悟。體你屋裏老耶老娘！嘗卻飯了，只管說夢，便道「我會佛法了也」？

白話作品從甚麼時候開始，這個問題難於得到一個確定的回答。一則有些古代文字，像前面任昉的文章裏所引訴狀，雖然是語體，可是畢竟跟近代的語言差別太大。二則流傳下來的資料總是文白夾雜的多；大概說來，記錄說話的部分白話的成分多些，敘事的部分文言的成分多些。通篇用語體，而且是比較純淨的語體，要到南宋末年的一部分「話本」（如《碾玉觀音》、《西山一窟鬼》）才能算數。甚至在這以後，仍然有文白夾雜的作品出現，《三國演義》就是一個例子。

　　白話就是這樣在那裏慢慢地生長着，成熟着。但是一直是局限在通俗文學的範圍之內，直到「五四」之後才佔領了整個文藝界的陣地。這跟當時中國革命的發展有極大關係，是新文化運動的一個內容。但是在實用文的範圍內，文言文的優勢在反動派統治的地區還維持了一個時期。隨着解放戰爭的勝利，中華人民共和國的成立，白話文才成為一切範圍內的通用文字。但是發展到了這個階段，白話的面貌跟半個世紀以前已經大有不同了：它繼承了舊白話的傳統，又從文言，並且在較小的程度上也從外語，吸取了有用的語彙和語法，大大地豐富了和提高了。

7 四方談異

漢語有多少方言？

　　每一個離開過家鄉的人，每一個有外鄉人的市鎮或村莊的居民，都曾經聽見過跟自己說的話不一樣的外鄉話。在像上海這樣的「五方雜處」的城市，差不多每個人都有機會跟說外鄉話的人打交道。比如有一家無錫人搬來上海住，他們家裏說的是無錫話，他們家裏請的保姆說的是浦東話，他們樓上住着一家常州人，說的是常州話，隔壁人家是廣東來的，說的是廣州話，弄堂口兒上「煙枝店嬸嬸」說的是寧波話。他們彼此交談的時候，多半用的是不純粹的上海話，也許有幾個老年人還是用他們的家鄉話，別人湊合着也能懂個八九成（除了那位廣東老奶奶的話）。他們在電影院裏和收音機裏聽慣了普通話，所以要是有說普通話的人來打聽甚麼事情，他們也能對付一氣。這些人家的孩子就跟大人們有點不同了，

他們的普通話說得比大人好，他們的上海話更加地道，那些上過中學的還多少懂幾句外國話，有他們的生活裏，家鄉話的用處越來越小了。——這，在一定程度上反映着全國人民至少是大城市居民的既矛盾而又統一的語言（口語）生活。

大家都知道漢語的方言很多，可究竟有多少呢？很難用一句話來回答。看你怎樣給方言下定義。如果只要口音有些不同，就算兩種方言，那就多得數不清，因為有時隔開十里二十里口音就不完全一樣。要是一定要語音系統有出入（甲地同音的字乙地不同音，而這種分合是成類的，不是個別的），才算不同的方言，大概會有好幾百，或者一二千。要是只抓住幾個重要特點的異同，不管其他差別，那就可能只有十種八種。現在一般說漢語有八種方言就是用的這個標準。這八種方言是：北方話（從前叫做「官話」）、吳語、湘語、贛語、粵語、客家話、閩南話、閩北話。❶ 實際上這北方話等等只是類名，是抽象的東西。說「這個人說的是北方話」，意思是他說的是一種北方話，例如天津人和漢口人都是說的北方話，可是是兩種北方話。只有天津話、漢口話、無錫話、廣州話這些才是具體的、獨一無二的東西：只有一種天津話，沒有

---

❶ 這些名稱有的用「話」，有的用「語」。有些學者嫌這樣參差不好，主張一律稱為方言：北方方言、吳方言等等。能夠這樣當然很好，不過舊習慣一時還改不過來。

兩種天津話。寧可把「方言」的名稱保留給這些個「話」──剛才說了，漢語裏大概有好幾百或者一二千，──把北方話等等叫做方言區。一個方言區之內還可以再分幾個支派，或者叫做方言羣，比如北方話就可以分為華北（包括東北）、西北、西南、江淮四大支。

方言語彙的差別

方言的差別最引人注意的是語音，劃分方言也是主要依據語音。這不等於不管語彙上和語法上的差別。事實上凡是語音的差別比較大的，語彙的差別也比較大。至於語法，在所有漢語方言之間差別都不大，如果把虛詞算在語彙一邊的話。

現在引一段蘇州話做個例子來看看。❶

佢走出弄堂門口，叫啥道天浪向落起雨來哉。

走出胡同口兒，誰知道天上下起雨來了。

啊呀，格爿天末實頭討厭，吃中飯格辰光，

啊呀，這種天麼實在討厭，吃午飯的時候，

---

❶ 引自倪海曙的蘇州話小說《黃包車》，收入作者的《雜格嚨咚集》（1950）。

還是蠻蠻好格哇，那咾會得落雨格介？

還是很好很好的呀，怎麼會下雨的呀？

又弗是黃梅天，現在是年夜快哉呀！

又不是黃梅天，現在是快過年啦！

這裏可以看出，蘇州話和普通話在語彙上是很有些差別的。可是語法呢？拋開虛詞，這裏只有兩點可說：蘇州話的「蠻」相當於普通話的「很」，可是蘇州話可以說「蠻蠻」（加強），普通話不能說「很很」；蘇州話說「年夜快」，普通話說「快過年」，語序不同。當然不是說蘇州話和普通話在語法上的差別就這一點兒，可是總的說來沒有甚麼了不起。語彙方面有兩處需要說明：一，不是任何「口兒」蘇州話都叫「門口」，這裏寫的是上海的事情，上海的里弄口兒上都有一道門，所以說「弄堂門口」。二，不是所有的「這種」蘇州話都說「格爿」，只有意思是「這麼一種」並且帶有不以為然的口氣的「這種」才說成「格爿」。

比較方言的語彙，首先要區別文化語彙和日常生活語彙。文化語彙，特別是有關新事物的用語，各地方言是一致的，有例外也是個別的。比如下面這句話：「做好農田基本建

設工作，有計劃有步驟地把旱田改造成水田，把壞地改造成好地，是從根本上改變這些地區的自然面貌，擴大穩產高產農田面積的重要措施。」方言的差別只表現在「把」、「是」、「的」、「這些」等虛詞上，在實詞方面是沒有甚麼差別的。

比較方言的語彙，還應當特別注意：別以為都是一對一的關係，常常是一對多乃至多對多的關係（幾個一對多湊在一塊兒）。比如語氣詞，每個方言都有自己的語氣詞系統，兩個方言之間常常是不一致的。不但是虛詞，實詞方面也不見得都是一對一。魯迅的小說《社戲》裏寫阿發、雙喜他們偷吃田裏的羅漢豆，這羅漢豆是紹興方言，別處叫蠶豆，紹興話裏也有蠶豆，可那是別處的豌豆。又如鐘和錶，南方的方言都分得很清，可是北方有許多方言不加分別，一概叫做錶。又比如你聽見一個人說「一隻椅子四隻腳」，你會以為他的方言裏只有「腳」，沒有「腿」，管腿也叫腳。其實不然，他的方言跟你的方言一樣，腿和腳是有分別的，只是在包括這兩部分的場合，你用「腿」概括腳，他用「腳」概括腿罷了。還有比這更隱晦的例子。比如兩個朋友在公園裏碰見了，這一位說：「明兒星期天，請你到我們家坐坐。」那一位說：「我一定去。」這一位聽了很詫異，說：「怎麼，你倒是來不來呀？」他詫異是因為按照他的方言，他的朋友應該說「我一定來」。

主要的語音分歧

漢語方言的語音差別是很大的。上面那一段蘇州話，用漢字寫下來，你雖然不是吳語區的人，也能懂個十之八九。可要是讓一個蘇州人説給你聽，管保你懂不了三成。撇開語調不談，單就字音來比較，我們可以指出漢語方言中間主要有哪些分歧。漢語字音是由聲、韻、調三個成分構成的，這三方面都有一些影響面比較大的分歧點。但是在談到這些特點以前，得先知道音類分合和音值異同的區別。最好拿聲調來做例子。普通話只有四聲，蘇州話卻有七聲，這裏顯然有調類分合的問題。可是同是陽平聲的字（如「前」、「年」），普通話是高升調，蘇州話是低升調，聽起來不一樣，這只是調值不同，不關調類的事。再舉個韻母的例子。比如蕭豪韻的字，在普通話裏是一個韻（ao ㄠ，iao 一ㄠ），在吳語區方言裏也都是一個韻，可是這個韻母的音在這些方言裏不一致，其中也很少是跟普通話相同的；這也只是音值的問題，不是音類的問題。我們要談的語音分歧是音類上的，不是音值上的。下面列舉一些主要的分歧。有一點需要先在這裏交代一下：這裏指出來的某某方言區有某某特點，都是就大勢而論，常常有部分方言是例外。

（1）有沒有濁聲母。這裏說的濁聲母指帶聲的塞音、塞擦音、擦音，不包括鼻音和邊音。漢語方言裏只有吳語和一部分湘語有濁聲母，在這些方言裏，舉例來說，「停」和「定」是一個濁聲母，跟「聽」的聲母不同，跟「訂」的聲母也不同。這種濁聲母在各地方言裏變化的情況如下（用 dh 代表上面說的那個濁聲母）：

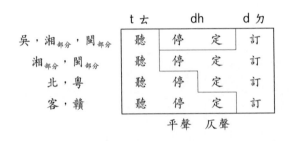

（2）在 -i ㄧ 和 -ü ㄩ 前邊分不分 z ㄗ-，c ㄘ-，s ㄙ- 和 j ㄐ-，q ㄑ-，x ㄒ-（或 g ㄍ-，k ㄎ-，h ㄏ-），例如「酒、秋、想」等字和「九、邱、響」等字是否聲母相同。❶閩語，粵語，客家話，吳語，少數北方話（20%），少數湘語，少數贛語有分別。多數北方話（80%），多數湘語，多數贛語無分別。

（3）分不分 z ㄗ-，c ㄘ-，s ㄙ- 和 zh ㄓ-，ch ㄔ-，

---

❶ 一般所說尖音和團音的分別，專指 zi ㄗ，zü ㄗㄩ等音和 ji ㄐㄧ，jü ㄐㄩ等音的分別，不涉及 gi ㄍㄧ，gü ㄍㄩ等音。

sh ㄕ-，例如「資、雌、絲」等字和「知、痴、詩」等字是否聲母相同。多數北方話（華北、西北的大多數，西南、江淮的少數），湘語，一部分贛語，一部分客家話分兩套聲母，但是字的歸類不完全相同，有些字在某些方言裏是 zh ㄓ-，ch ㄔ-，sh ㄕ-，在另一些方言裏是 z ㄗ-，c ㄘ-，s ㄙ-。閩語，粵語，吳語，一部分贛語，一部分客家話，少數北方話（西南、江淮的多數）只有一套聲母，發音絕大多數是 z ㄗ-，c ㄘ-，s ㄙ-。

(4) 分不分 n ㄋ- 和 l ㄌ-，例如 (一)「腦、難」和「老、蘭」是否聲母相同，(二)「泥、年」和「犁、連」是否聲母相同。

(一)(二) 都分　　　　粵，客，吳，北_{多數}

(一) 不分，(二) 分　　湘，贛，北（西北_{少數}，西南_{少數}）

(一)(二) 都不分　　　北（西南_{多數}，江淮_{多數}）

閩語分 n ㄋ- 和 l ㄌ-，但是字的歸類跟上面第一類方言不完全一致，閩北話比較接近，閩南話很多字由 n ㄋ- 變成 l ㄌ-。

(5) n ㄋ-，ng ㄫ- 和零聲母的分合。可以把有關的字分四類來看。

(一)「礙、愛、耐」是否聲母相同。

礙 ng ㄫ- ≠ 愛 o ㄛ- ≠ 耐 n ㄋ- 閩，粵，客，吳

礙 ng ㄫ- ＝ 愛 ng ㄫ- ≠ 耐 n ㄋ-　　贛，湘_{部分}，北_{部分}

礙 ○ ㄛ - ＝愛 ○ ㄛ - ≠耐 n ㄋ -　　　湘_{部分}，北_{部分}

礙 n ㄋ - ＝愛 n ㄋ - ＝耐 n ㄋ -　　　北_{少數}

(二)「牛」和「扭」是否聲母相同。

牛 ng ㄦ - ≠扭 n ㄋ -　　　　　　粵

牛 ng ㄦ -/g ㄍ - ≠扭 n ㄋ -/l ㄌ -　閩

牛 n ㄋ -/gn- ＝扭 n ㄋ -/gn-　　其餘

(三)「誤」和「惡」(可惡) 是否聲母相同。

誤 ng ㄦ - ≠惡 ○ ㄛ -　　　　　閩，粵，客，吳，湘_{部分}

誤 ○ ㄛ - ＝惡 ○ ㄛ -　　　　　北，贛，湘_{部分}

(四)「遇」和「裕」是否聲母相同。

遇 ng ㄦ -/gn- ≠裕 ○ ㄛ -　　　閩，客，吳，湘_{部分}

遇 ○ ㄛ - ＝裕 ○ ㄛ -　　　　　北，粵，贛，湘_{部分}

(6) 分不分 -m ㄇ，-n ㄋ，-ng ㄦ，例如「侵、親、清」是否韻尾相同，「沉、陳、程」是否韻尾相同。

侵 -m ㄇ ≠親 -n ㄋ ≠清 -ng ㄦ　粵，閩南

侵 -n ㄋ ＝親 -n ㄋ ≠清 -ng ㄦ　北 (華北，西北_{部分})

侵 -m ㄇ ≠親 -n ㄋ ＝清 -n ㄋ　　客

侵＝親＝清 (皆 -n ㄋ /-ng ㄦ)　吳，湘，贛，閩北，北
　　　　　　　　　　　　　　　　(江淮，西南，西北_{部分})

客家話的 -m ㄇ 韻尾只保存在一部分字裏，另一部分字已經變

106

成 -n ろ。

(7) 有沒有韻母和介母 ü ㄩ。有些方言沒有 ü ㄩ 這個音，有些方言用到 ü ㄩ 音的字數比別的方言少。這些方言一般是用 i ㄧ 去代 ü ㄩ，造成「呂、李」同音，「需、西」同音，「宣、先」同音，在一定條件下也用 u ㄨ 代 ü ㄩ，造成「宣、酸」同音，「雲、魂」同音，「君、昆」同音。各地方言比較，華北北方話有 ü ㄩ 音的字最多，西北、西南、江淮北方話都有些方言減少一部分字，甚至完全沒有 ü ㄩ 音（如南京話、昆明話）。北方話之外，在 ü ㄩ 音字的多寡上，贛語很接近華北，其次是粵語，又其次是吳語，湘語，閩北話。客家話和閩南話完全沒有 ü ㄩ 音，粵語等也有個別方言完全沒有 ü ㄩ 音。

(8) 有沒有入聲。北方話之外的方言都有入聲，北方話也有一部分方言有入聲。有入聲的方言，入聲的發音分三類：(一) 粵語，贛語，客家話、閩南話，分別 -b ㄅ,-d ㄉ,-g ㄍ 三種塞音韻尾；(二) 吳語，閩北話，某些北方話（主要是江淮話），沒有這種分別，只有一個喉塞音；(三) 湘語，某些北方話（主要是少數西南話），沒有特殊韻尾，只是自成一種聲調。沒有入聲的方言，對於古代入聲字的處理可以分兩類：(一) 全部併入另一聲調（多為陽平），大多數西南方言屬於這一類。(二) 分別轉到陰平、陽平、上聲、去聲，或其中

的兩聲、三聲，大多數華北和西北方言屬於這一類。

　　別的分歧還有不少，但是有的影響面較小，有的情況複雜，不容易簡單說明，這裏都不說了。

方言和方言之間的界限

　　無論是語音方面還是語彙方面，方言和方言之間的界限都不是那麼整齊劃一的。假如有相鄰的甲、乙、丙、丁四個地區，也許某一特點可以區別甲、乙為一方，丙、丁為一方，另一特點又把甲、乙、丙和丁分開，而第三個特點又是甲所獨有，乙、丙、丁所無。比如在江蘇省東南部和上海市的範圍內，管「東西」叫「物（音『末』）事」的有以啓東、海門、江陰、無錫為邊界的二十一個縣、市；管「鍋」叫「鑊子」的地區基本上相同，但是江陰說「鍋」；管「鍋鏟」叫「鏟刀」的，除上面連江陰在內的地區外，又加上鄰近的常州、揚中、泰興、靖江、南通市、南通縣六處；管「肥皂」叫「皮皂」的，又在原地區內減去啓東、海門兩處，加上常州一處；如此等等。

　　如果在地圖上給每一個語音或語彙特點畫一條線——方言學上叫做「同言線」，——那麼兩個方言之間會出現許多不整齊的線，兩條線在一段距離內合在一起，在另一段又分開

昌黎－盧龍－撫寧地區方言圖 ●

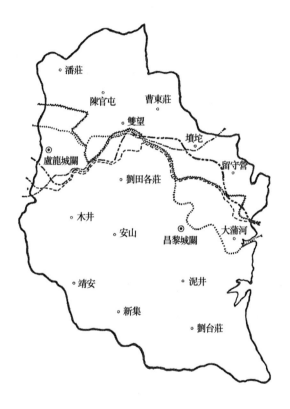

潘莊

陳官屯　　曹東莊

雙望

塡坨

盧龍城關　　　　　　留守營

劉田各莊

木井

安山　　昌黎城關　　大蒲河

靖安　　　　泥井

新集

劉台莊

● 這個圖是根據《昌黎方言志》(1960，科學出版社) 裏的方言圖重畫的。圖的範圍是調查
時間 (1959) 的河北省昌黎縣縣界，比現在的縣界 (也是 1958 年以前的舊界) 大，包括
現在的昌黎全縣 (圖裏的南部)，盧龍縣的一部分 (圖裏的西北部)，撫寧縣的一部分 (圖
裏的東北部)。這裏用昌黎地區的方言圖做例子，因為這是唯一的調查點比較密的材料，
其他材料大都是一縣調查一兩點，點與點之間距離太大，同言線不好畫。

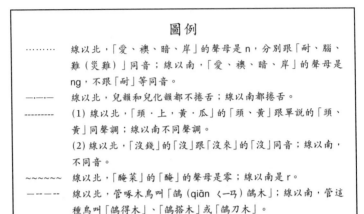

圖例

………	線以北，「愛、襖、暗、岸」的聲母是 n，分別跟「耐、腦、難（災難）」同音；線以南，「愛、襖、暗、岸」的聲母是 ng，不跟「耐」等同音。
—·—·—	線以北，兒韻和兒化韻都不捲舌；線以南都捲舌。
---------	(1) 線以北，「頭·上、黃·瓜」的「頭、黃」跟單說的「頭、黃」同聲調；線以南不同聲調。
	(2) 線以北，「沒錢」的「沒」跟「沒來」的「沒」同音；線以南，不同音。
~~	線以北，「醃菜」的「醃」的聲母是零；線以南是 r。
—————	線以北，管啄木鳥叫「鵮（qiān ㄑㄧㄢ）鵮木」；線以南，管這種鳥叫「鵮得木」、「鵮搭木」或「鵮刀木」。

了。請看上頁的圖。

從圖上可以看出，這個地區的話可以分成兩個方言，這是不成問題的，可是在哪兒分界就不是那麼容易決定了。

不但方言和方言之間是這種情況，方言區和方言區之間也是這種情況，像前邊說過的「物事」、「鑊子」、「鑱刀」、「皮皂」，都屬於吳語的詞彙，可是分佈的廣狹就不一致。甚至相鄰的親屬語言之間，如南歐的羅馬系諸語言之間，東歐的斯拉夫系諸語言之間，也都有這種情況。單純根據口語，要決定是幾種親屬語言還是一種語言的幾種方言，本來是不容易的。事實上常常用是否有共同的書面語以及跟它相聯繫的「普通話」來判斷是不是一種語言。比如在德國和荷蘭交界

地方的德語方言，跟荷蘭語很相近，跟德國南方的方言反而遠得多。德語作為一個統一的語言，跟荷蘭語不相同，主要是由於二者各自有一個「普通話」。在沒有文字的情況下，語言和方言就很不好區別。這也就是對於「世界上究竟有多少種語言？」這個問題難於作確定的回答的原因。

方言調查對於語言史的研究很有幫助。古代的語音語彙特點有的還保存在現代方言裏，例如吳語和湘語裏的濁聲母，閩語、粵語、客家話裏的塞音韻尾（-b ㄅ，-d ㄉ，-g ㄍ）和閉口韻尾（-m ㄇ）（更正確點應該說是我們關於古音的知識很大一部分是從比較現代方言語音得來的）。現代已經不通用的語詞很多還活在方言裏，例如「行」、「走」、「食」（閩、粵、客，＝走、跑、吃），「飲」（粵，＝喝），「着」（粵、吳，＝穿衣），「面」、「翼」、「曉」（閩、粵，＝臉、翅膀、知道），「箸」（閩、客，＝筷子），「晏」、「新婦」（閩、粵、吳，＝晚、兒媳婦），「目」、「啼」、「糜」、「湯」（閩，＝眼睛、哭、粥、熱水），等等。這些都是原來常用的詞，原來不常用，甚至只是記載在古代字書裏的，在方言裏還可以找到不少。但是一定要詞義比較明細，字音對應合乎那個方言的規律，才能算數。否則牽強附會，濫考「本字」，那是有害無益的事情。

漢語從很早以來就有方言。漢朝的揚雄編過一部《輶軒使

者絕代語釋別國方言》，後代簡稱為《方言》，記錄了很多漢朝的方言詞。按照這部書的內容，漢朝的方言大致可以分成十一區：秦晉、趙魏、燕代、齊魯、東齊青徐、吳揚越、衛宋、周韓鄭、汝潁陳楚、南楚、梁益。但是揚雄的書只管方「言」，不管方「音」，所以看不出這些地區的語音是怎樣不同。後來續《方言》的書很不少，可惜那些作者都只着重在古書裏考求方言詞的「本字」，不注重實地調查，不能反映方言的分佈情況。因此一部漢語方言發展史研究起來就很困難。要說各地方言古今一脈相承，顯然不大可能，因為居民有遷徙（歷史上有很多大量遷徙的記載），方言也有消長。也有人以為現代方言都出於古代的一種有勢力的方言，這也不近情理，因為在封建社會的條件下，不可能有一種方言的力量能夠把別的方言徹底排除。

要推廣普通話

在一種語言沒有「普通話」的情況下，方言只有一個意義，只是某一語言的一個支派。要是這種語言有了一種「普通話」，「方言」就多了一層跟「普通話」相對待的意思。「普通話」的形成跟書面語的產生和發展有關係。書面語以某一方言為基礎，同時又從別的方言乃至古語、外語吸收有用的成分。

基礎方言本身的變化反映在書面語上，而通過書面語的使用和加工，基礎方言又得到了擴大和提高，漸漸成為一種「普通話」。可見「普通話」和書面語是互相影響，互相促進的。古代漢語有沒有「普通話」？也可以說是有，也可以說是沒有。古代有所謂「雅言」，揚雄的書裏也常常說某詞是「通語」、「四方之通語」。這些「通語」多半是見於書面的，可是未必有統一的語音，也未必能構成一個比較完整的語彙（也就是說，在當時的語彙裏還有一部分是「語」而非「通」，有一部分是「通」而非「語」）。加上從漢朝起書面語漸漸凝固下來，走上跟口語脫節的道路。因此，儘管每個時代都有一兩種方言比別的方言有更大的威望，❶可是不容易產生一種真正的普通話。一直要等到一種新的書面語即所謂「白話」興起之後，才再度提供這種可能，並且經過幾百年的發展，終於由可能變成現實。

事物的發展大都決定於客觀的形勢。我們現在不能再滿足於「藍青官話」，而要求有明確標準的「普通話」，不能再滿足於這種普通話只在某一階層的人中間通行，而要求它在

---

❶ 六世紀末，《顏氏家訓》的作者顏之推評比當時方音，說：「摧而量之，獨金陵與洛下耳。」他主要是講書面語裏的字音，而且不但「參校方俗」，還要「考覈古今」，所以他的評價不完全是根據實際形勢，但是大概也是符合實際形勢的。九世紀的胡曾有《嘲妻家人語音不正》詩：「呼『十』卻為『石』，喚『針』將作『真』，忽然雲雨至，卻道是天『因』。」可見那時候也有公認的「正」音。

全民中間逐步推廣，這都是由我們的時代和我們社會的性質決定的。推廣普通話的重要性已經為多數人所認識，不用我再在這裏多說。我只想提一兩件小事情，都是自己的切身經驗。五十年前初到北京，有一天是下雨天，一個同住的南方同學出門去。他用他的改良蘇州話向停在馬路對面的洋車連叫了幾聲「wángbæ-jū」（ㄏㄨㄤˊ ㄅㄠ ㄔㄜ，「黃包車」，他以為「車」該說 jū），拉車的只是不理他，他不得不回來搬救兵。公寓裏一位服務員走出去，只一個字：「che ·ㄔㄜ！」洋車馬上過來了。另一件事是我第一次看《紅樓夢》的時候，看到史湘雲行酒令，拿丫頭們開玩笑，說：「這鴨頭不是那丫頭，頭上哪討桂花油？」覺得這有甚麼可笑的，「鴨」[ɑ²] 頭本來不是「丫」[o] 頭嚛。其實這樣的例子多得很：「有甚麼福好享？有個豆腐！」「騎驢來的？——不，騎鹿（路）來的。」這些都是普通話裏同音而很多方言裏不同音的。當然這些都是很小的小事情，不過既然在這些小事情上不會普通話還要遇到困難，在大事情上就更不用說了。

方言地區的人怎樣學習普通話？最重要的還是一個「練」字。懂得點發音的知識，對於辨別普通話裏有而家鄉話裏沒有的音，像 zh ㄓ-，ch ㄔ-，sh ㄕ- 和 z ㄗ-，c ㄘ-，s ㄙ- 的分別，n ㄋ- 和 l ㄌ- 的分別，-n ㄋ 和 -ng ㄥ的分別，自然

有些用處，然而不多多練習，那些生疏的音還是發不好的。至於哪些字該發 zh ㄓ- 的音，哪些字該發 z ㄗ- 的音，哪些字是 n ㄋ-，哪些字是 l ㄌ-，如此等等，更加非死記多練不可。有時候能從漢字的字形得到點幫助，例如「次、瓷、資、咨、諮、姿、恣」是 z ㄗ- 或者 c ㄘ-，「者、豬、諸、煮、箸、著、褚、儲、躇」是 zh ㄓ- 或者 ch ㄔ-。可是這只是一般的規律，時常會遇到例外，例如「則、廁、側、測、惻」都是 z ㄗ- 或者 c ㄘ-，可是「鍘」卻是 zh ㄓ-。又如「乍、炸、詐、榨」都是 zh ㄓ-，可是「作、昨、柞、怎」又都是 z ㄗ-，這就更難辦了（這個例子碰巧還是有點規律，凡是 a ㄚ 韻的都是 zh ㄓ-，不是 a ㄚ 韻的都是 z ㄗ-）。

推廣普通話引起怎樣對待方言的問題。「我們推廣普通話，是為的消除方言之間的隔閡，而不是禁止和消滅方言。」● 普通話逐步推廣，方言的作用自然跟着縮小。學校裏的師生，部隊裏的戰士，鐵路和公路上的員工，大中城市的商店和服務行業的工作人員，為了實際的需要，都會學會説普通話。在一些大城市裏，很可能在一個家庭之內，老一代説的是方言。第二代在家裏説方言，到外面説普通話，第三代就

● 周恩來：《當前文字改革的任務》，1958 年 1 月 10 日在政協全國委員會舉行的報告會上的報告。

根本不會說或者說不好原來的「家鄉話」。但是儘管使用範圍逐漸縮小，方言還是會長期存在的。普通話為全民族服務，方言為一個地區的人服務，這種情況還會繼續很長一個時期。在不需要用普通話的場合，沒有必要排斥方言，事實上也行不通。甚至「只會說普通話的人，也要學點各地方言，才能深入各個方言區的勞動羣眾」。❶ 但是這不等於提倡用方言。比如用方言寫小說，演話劇，偶一為之也無所謂，可不必大加推崇，廣為讚揚，認為只有用方言才「夠味兒」。普通話也是挺夠味兒的。

---

❶ 周恩來：《當前文字改革的任務》，1958 年 1 月 10 日在政協全國委員會舉行的報告會上的報告。

8　文字改革

漢字能滿足我們對文字的要求嗎？

　　語言是一種工具，文字代表語言，當然更加是一種工具。一種工具要是不能很好地完成任務，就得加以改進或改革。有時候一種文字，由於這種或那種原因，不能很好地代表語言，於是產生改革的需要，在世界文字史上是數見不鮮的事情。土耳其文原先用阿拉伯字母，不適合土耳其語的語音結構，在本世紀二十年代改用拉丁字母。朝鮮和越南原先用漢字，現在都用拼音文字。日本文原先以漢字為主體，搭着用些假名（音節字母），現在以假名為主體，搭着用些漢字。我們現在用的漢字是不是適應現代漢語的情況，能不能滿足我們對文字的要求，要不要改革，怎樣改革，這是擺在我們面前的問題。

　　文字問題不能脫離語言問題來考慮。在歷史上，漢字改

革問題一直是漢語文改革問題的一部分。

六十年前，當我還是個小學生的時候，我國人民使用語言文字的情況跟現在是不相同的。那時候，一個人從小學會了說本地話，六歲上學讀文言書——《論語》、《孟子》或者《國文教科書》，看你進的是哪路學堂，——也學着寫文言文。說話和讀書各管一方，有些聯繫，但是很不協調。比如你學了許多漢字，可那只能用來寫文言，要用它寫本地話就有許多字眼寫不出。

一個人要是一輩子不離開家鄉，自然不會發生語言問題。可要是上外地去上學，或者去當學徒，或者去做買賣甚麼的，家鄉話就常常不管用了。到哪裏得學哪裏的話，除非你家鄉話跟那裏的話差別不大，能湊合。我上的中學是江蘇省第五中學，在常州，老師有常州人，有蘇州人，有宜興人，有江陰人，有無錫人，有靖江人，說的話全跟我的家鄉丹陽話不一樣。頭一個星期我上的課全等於沒上，一個月之後還有一位動物學老師的話只懂得一半。那時候還沒有甚麼「國語」，就是後來有了「國語」，也只是在小學生中間鬧騰鬧騰，社會上一般人很少理會它，因為在吳語區它的作用還趕不上一種方言。比如你到上海去辦事，最好是能說上海話，其次是附近幾個縣的方言。要是說「國語」，連問個路都有

困難。

　　書面交際用文言，可是大家也都看白話小説，全是無師自通。遇到不認識的字，意思好猜，——有時候也猜不出，——字音不知道，也沒地方問。我記得在《兒女英雄傳》裏第一次碰見「旮旯」兩個字，意思是懂了，可一直不知道怎麼唸，——這兩個字沒法子唸半邊兒。

　　這種情況，我小時候是這樣，我父親、我祖父的時候也是這樣，大概千百年來都是這樣。大家習慣了，以為是理所當然，想不到這裏邊會有甚麼問題，也想不出會有甚麼跟這不一樣的情況。

早就有人主張改革漢字

　　可是有人看到了另外一種情況，並且拿來跟上面的情況做比較，引起了種種疑問，提出了種種建議。遠在宋朝，就有一個人叫鄧肅説過，「外國之巧，在文書簡，故速；中國之患，在文書繁，故遲。」[1] 明朝耶穌會傳教士來華，開始用拉丁字母拼寫漢字，明末學者方以智受它的啓發，也有「如遠西因事乃合音，因音而成字」的想法。到了清朝末年，中國人接

---

❶　見周有光《漢字改革概論》，引湯金銘《傳音快字書後》。

觸外國事物更多了，於是興起了一種切音字運動，盧戇章、蔡錫勇、沈學、朱文熊、王照、勞乃宣等是它的代表人物。他們的時代是中國經歷了二千年封建統治，又遭受了半個世紀的帝國主義侵略，國家越來越衰弱，人民越來越困苦，改良主義的維新運動和舊民主主義的革命運動正在先後出現的時代。愛國主義喚起人們對西方資本主義國家的情況的注意，從海陸軍備而工商實業，而科學技術，而文化教育，認識逐步深入。其中就有人看到西方強國的語文體制跟中國不大相同。他們比較中西語言文字，發現中國有三難，西方國家有三易。中國的三難是：寫文章難；認字寫字難；不同地區的人說話難。西方國家的三易是：寫文章容易，因為基本上是寫話；認字寫字容易，因為只有二三十個字母；不同地區的人說話容易，因為有通行全國的口語。於是他們提出切音字的主張，認為這是開民智、興科學的關鍵。最早的切音字運動者盧戇章的話可以代表他們的想法，他說：「竊謂國之富強，基於格致。格致之興，基於男婦老幼皆好學識理。其所以能好學識理者，基於切音為字，則字母與切法習完，凡字無師能自讀；基於字話一律，則讀於口遂即達於心；又基於字畫簡易，則易於習認，亦即易於捉筆。省費十餘載之光陰，將此光陰專攻於算學、格致、化學以及種種之實學，何

患國不富強也哉！」

　　這些切音字運動者，有的只是提出一個方案，做了一些宣傳，有的也曾開班傳授，取得一些成績，但是總的說來，他們的成就是很有限的。這主要是因為受當時政治形勢的限制：像這種以人民大眾的利益為指歸的語文改革，在人民自己取得政權以前是很難完全實現的。其次，他們對於語文改革的整個內容，以及各個部分之間的關係，或者認識不足，或者雖有認識，可是顧慮重重，不敢衝破障礙，提倡徹底改革。語文改革實際上包含三個內容：用白話文代替文言，用拼音字代替漢字，推行一種普通話。三者互相關聯，而彼此倚賴的情況不盡相同。改用白話文，不一定要用拼音字，也不需要拿普通話的普及做前提，因為有流傳的白話作品做範本。推行普通話必須有拼音的工具，但是不一定要推翻文言，可以容許言文不一致的情況繼續存在。唯有改用拼音字這件事，卻非同時推行普通話和採用白話文不可。否則拼寫的是地區性的話，一種著作得有多種版本；另一方面，如果不動搖文言的統治地位，則拼音文字始終只能派低級用場，例如讓不識字的人寫寫家信，記記零用賬。這樣，拼音字對於漢字就不能取而代之，而只能給它做注音的工具。大多數切音字運動者恰好是基本上採取了這樣一條路線，也就只能

收到那麼一點效果。二十多年切音字運動的總結是 1913 年制定、1918 年公佈的一套「注音字母」。

從那時候到現在，半個多世紀過去了。這期間的變化可大了。白話文已經取得全面的勝利，普通話的使用範圍已經大大地擴大了，漢語拼音方案的公佈也已經給拼音文字打下了可靠的基礎，雖然直到目前為止，它的主要任務還是給漢字注音。

拼音文字的優點超過缺點

為甚麼現在還不到全面採用拼音文字的時候呢？很顯然是因為有些條件還沒有具備：拼音的習慣還沒有普及，普通話通行的範圍還不夠廣大，拼音文字的正字法還有些問題沒有解決，如此等等。這些都是要經過一段時間的努力才能夠解決的。另一方面，大家的認識還沒有完全一致，這也是事實。大致說來，對於拼音文字有三種態度。一種態度是贊成改用拼音文字，有的人還特別熱心，恨不得立刻就實行。另一種態度是一方面承認拼音文字在某些方面勝過漢字（例如容易認，容易檢索），一方面又覺得在某些方面不如漢字（例如不能區別同音字），疑慮重重，不知道拼音文字究竟能否代替漢字。第三種態度是不贊成拼音文字，或者認為行不通，或

者認為沒有必要，或者認為不利於繼承文化遺產。現在不妨把贊成的和反對的兩方面的理由拿來研究一番。

（1）漢字難學（難認，難寫，容易寫錯），拼音字好學（好認，好寫，比較不容易寫錯），這是大家都承認的。有一種意見，認為拼音不能區別同音字，老要看上下文，帶認帶猜，漢字能區別同音字，學起來雖然難些，可以一勞永逸，還是值得的。

這是知其一不知其二。拼音文字絕不能像漢字的寫法，一個個音節分開，一定要分詞連寫。先學漢字後學拼音的人，總是要在腦子裏把拼音字還原成漢字，就覺得它不夠明確；一起頭就學拼音文字的人，學一個詞是一個詞，並不會感覺不明確。當然，有混淆可能的同音詞仍然需要區別，也是可以想法子區別的。漢字能區別同音字，在閱讀的時候的確是一種便利。可是文字的使用有讀和寫兩個方面。寫的時候要在許多同音字裏邊挑一個，這就成為一種負擔了。寫錯別字不是一直都是語文教學當中最頭疼的問題嗎？這是漢字的先天毛病，一天使用漢字，這毛病就一天不得斷根。而且一個別字為甚麼是別字，有時候也叫人想不通，如果你用無成見的眼光去看問題，像六七歲的孩子那樣。我家裏有個六歲的孩子，學過的漢字不多，有一天寫了四個字讓我看，是

「天下地一」。我告訴他「地」字錯了，該寫「第」。他問我為甚麼不可以寫「地」，我倒給他問住了。是啊，為甚麼「地」不能兼任「第」的職務呢？「地一個」，「地二個」，「地一千零一個」，在甚麼上下文裏有誤會的可能呢？要說不讓「地」字兼差吧，為甚麼「輕輕地」、「慢慢地」裏邊可以寫「地」呢？這可是連讀音也不一樣啊！怎麼能怪孩子們想不通呢？

（2）漢字不跟實際語言保持固定的語音聯繫。「學而時習之」，孔夫子說起來是某五個字音，現代的曲阜人說起來是另五個字音，北京人、上海人、廣州人說起來又各自是各自的字音。這就是說，漢字是跟抽象的漢語相聯繫的，具有一種超時間、超空間的性質。反對拼音文字的人認為這是漢字的優點，改用拼音文字就得不到這種便利，各地方的人就會按照自己的方音來拼寫，別的地方的人就看不懂，現在的人寫的文章幾百年之後的人也要看不懂。至於只會拼音文字的人將要完全不能看古書，因而不能繼承文化遺產，那就更不用說了。

這個話有一定的道理，可是說這個話的人對於漢語文的目前使用情況還沒有足夠的認識。在從前，寫文章得用文言，文言既不能按某一個地方的讀音來拼寫（別處的人唸不懂），更不能按古音來拼寫（各地方的人全唸不下來），除

124

了用漢字，沒有別的辦法。現在有了普通話，拼音文字拼的是普通話，不會有各行其是的問題。不錯，普通話還沒有普及，可是拼音文字也不是光有一張字母表和幾條拼寫規則，還要有課本，有詞典，可以讓不太熟悉普通話的人有個學習的工具。這樣，不但是普通話沒有普及不妨害使用拼音文字，而且使用拼音文字還可以促進普通話的普及。幾百年以後要不要修改拼法，那是幾百年以後的事情，就是修改，也沒有甚麼了不得。至於讀古書的問題，現在也不是不經過特殊學習就能讀古書，將來也無非把學習的時間延長一點兒罷了。而況無論現在還是將來，讀古書總是比較少數的人的事情，古書的精華總是要翻譯成現代話的。

總之，漢字、文言、方言是互相配合，相輔相成的一套工具，拼音字、白話文、普通話也是互相配合，相輔相成的一套工具。前者在中國人民的歷史上有過豐功偉績，這是不容埋沒的，但是事物有發展，形勢有變化，既然後者更能適應當前的需要，讓前者功成身退有甚麼不好呢？

(3) 現代的工農業生產，交通運輸，科學技術，無不要求高效率，要求又快又準確。而一切部門的工作裏邊都包含一部分文字工作，要是文字工作的效率提不高，就要拖後腿。在這件事情上，漢字和拼音文字的高低是顯而易見的。拼音

文字的單位是字母，數目少，有固定的次序，容易機械化；漢字的單位是字，數目多，沒有固定的次序，難於機械化。字母打字比漢字打字快，打字排版比手工排版快，拼音電報比四碼電報快，用拼音字編的詞典、索引、名單比用漢字編的查起來快，還有一些新技術，像利用穿孔卡片分類、排順序、做統計，利用電子計算機查文獻、做翻譯等等，更加是很難甚至不可能用漢字進行的。

(4) 現在世界上各種文字都是拼音的，只有漢字是例外，因而在我國和外國的文化交流上是一個不大不小的障礙。我們需要翻譯外國的科學、技術和其他資料，如果用拼音文字，人名、地名可以轉寫，許多國際通用的術語也可以不翻譯。現在用漢字，全得翻譯，於是譯名統一成為很嚴重的問題。而且人名、地名用漢字譯音，既不準確，又難記憶。科技術語用意譯法，對於理解和記憶是有些幫助，可是從事科學技術工作的人，除了一套漢文術語外，還免不了要記住一套國際術語，成了雙重負擔，對於我國科學技術的發展也不無影響。又如現在有很多外國朋友，為了更好地了解我國文化，吸收我國科學技術成果，很想學漢語，可是對漢字望而生畏。外國留學生都說，漢語學起來不難，他們的時間一半以上花在漢字的學習上。

總起來看，在目前的情況下，拼音文字的優點（也就是漢字的缺點）大大超過它的缺點（也就是漢字的優點），而這些缺點是有法子補救的。如果由於改用拼音文字而能把中小學的學制縮短一年，或者把學生的水平提高一級，如果由於改用拼音文字而能把文字工作的效率提高一倍到三倍——這些都是很保守的估計——那麼，光憑這兩項就很值得了。

為拼音化積極準備條件

自然，在實行拼音文字以前，還有許多研究和實驗的工作要做，需要積極地做起來；坐下來等待，拼音文字是不會自己到來的。那麼，現在可以做些甚麼工作呢？一個工作，可以辦些拼音報刊，編寫些拼音讀物，特別是兒童讀物，包括連環畫報。現在有些小學生學拼音的成績很好，可是缺少拼音讀物，英雄無用武之地。另一方面，拼音文字在正字法方面和詞彙規範方面都還存在一些問題，通過編寫拼音書刊可以發現問題，解決問題。其次，可以試試在一般書刊上就一定項目試用拼音代替漢字，例如嘆詞和象聲詞。又如外國人名地名，用漢語拼音寫，可以從中總結用漢語拼音轉寫外語的規則。此外還可以多方面擴大漢語拼音的用途，如電報，科技和生產部門的代號和縮寫，盲字，教聾啞人「說

話」，等等。

還有一項很重要的工作需要做，那就是思想工作。不但是對反對派要做耐心細緻的說服工作，還要努力爭取中間派，消除他們的種種顧慮。有不少人，你要問他對拼音文字的意見，他說，「我承認拼音文字比漢字好，可就是如果改用拼音文字，我就要變文盲。」這種想法是可以理解的。一個人換個工作單位還要左考慮右考慮呢，何況換一個新的文字工具。可以告訴他，改用拼音文字絕不是一個早晨的事情，要有一個過渡時期，即兩種文字同時並用的時期，他可能會遇到一些小小的不方便，但是變文盲是不會的。

簡化漢字只是治標

最後，談談簡化字。漢字簡化是一件好事情。一部分漢字筆劃多，形體複雜，寫起來麻煩，在羣眾的筆底下早就紛紛簡化了。可是有些字你簡你的，我簡我的，互不相識，造成混亂，這就不好了。自從 1956 年公佈經過審定的簡化字表並分批推行以來，混亂的情況基本上消滅了。是不是所有需要簡化的字都已經簡化了呢？沒有。有些需要簡化的字，像新疆的「疆」、西藏的「藏」，因為一時不能確定最好的簡化形式，暫時放一放；有些久已在羣眾中間廣泛流行，像「算」

簡化為「祘」，「賽」簡化為「宲」，因為一時疏忽，沒有列入字表。需要補充簡化的字還有相當數目，但是不會還有很多很多了。

有些同志對漢字簡化有一種片面的想法，認為簡化的字越多越好，筆劃越少越好，不但是十筆以上的字全得簡成十筆以下，就是原來已在十筆以下的字也要減它一筆兩筆。這種想法之所以是片面的，因為只看到文字需要簡易，忘了文字也需要清晰，還需要穩定。如果把所有的字都簡成十筆以下，勢必多數字集中在五筆到十筆，很多字的形象都差不多，辨認起來就費勁了，錯認的機會就增多了。更重要的是文字需要相對穩定。1956 年以後印的書刊數量很大，如果現在再來一大批簡化字，就要相應地產生一大批「新繁體字」，今後的青少年唸起那些書來就有一定的困難了。或者讓他們學習那些新繁體字，那是浪費人力；或者選一部分書改排重印，那是浪費物力。以後再簡化一批，就又產生一批「新新繁體字」，這樣折騰下去，甚麼時候能夠穩定下來呢？不斷簡化論的不足取，道理就在這裏。

簡化漢字的主要目的是讓寫字能夠快些。寫字要快，本來有兩條路：可以減少筆劃，也可以運用連筆，就是寫行書。光是減少筆劃，如果還是每一筆都一起一落，也還是快

不了多少。事實上我們寫字總是帶點行書味道的，但是沒有經過正規學習，有時候「行」得莫名其妙。是不是可以在學校裏教教學生寫行書，讓大家有個共同的規範，可以互相認識？這裏又遇到一個框框，那就是「要使印刷體和手寫體一致」。從這個原則出發，就得互相遷就，一方面在簡化漢字上搞「草書楷化」，一方面在學校裏只教楷書，不教行書。為甚麼別種文字一般都是既有印刷體又有手寫體，大致相似而不完全相同呢？這是因為要求不同：印刷體要求容易分辨，所以有棱有角；手寫體要求寫起來快，所以連綿不斷。如果我們允許手寫體和印刷體可以在不失去聯繫的條件下不完全一致，那麼，有些簡化字本來是可以不去簡化它的。例如「魚」字的底下，如果書上印成四點，筆底下寫成一橫，似乎也不會出甚麼問題。

說來說去，簡化漢字只能是一種治標的辦法。不管怎樣簡化，改變不了漢字的本質，仍然是以字為單位，字數以千計，無固定的次序，不能承擔現代化文字工具的重任。有些人想在簡化漢字上打主意，把字形簡到不能再簡，把字數減到不能再減，用來代替拼音文字，這恐怕是徒勞的。要真正解決問題還是得搞拼音文字。